MW01234395

OMNIBUS

Federico Vecchio

UN ALTARE DI SABBIA IN RIVA AL MARE

Romanzo

MONDADORI

Un altare di sabbia in riva al mare
di Federico Vecchio
Collezione Omnibus

ISBN 978-88-04-61150-9

I edizione settembre 2011

UN ALTARE DI SABBIA IN RIVA AL MARE

A Giuseppe ed Elena

1

L'aveva giocato male. Al solito. Tutto a destra. Lungo era lungo, ma valla a trovare adesso, la palla.

Ogni volta che tirava il driver fuori dalla sacca sapeva che poteva succedere qualunque cosa. Se la prendeva – ma mica era facile –, due volte su tre la prendeva male: a destra, sempre a destra, solo a destra. Si ricordava di aver fatto un solo gancio in vita sua.

A quel punto, la speranza era che la pallina fosse finita nella parte un po' rasata del rough, vicino al fairway dell'altra buca. La speranza, appunto. Perché da lì il green lo vedi. Sta sotto, molto sotto. Saranno centotrenta, centoquaranta metri. Sta tutto a sinistra, preceduto da un fossato, ampio e profondo, posizionato a ridosso del green, a trenta metri. Che se la pallina finisce lì non la ritrova nessuno.

Oltre il green, poi, l'inferno: la giungla, Saxa Rubra, la Flaminia, più in là la tangenziale. "Prima o poi ci arrivo" pensò.

Squillò il telefonino. «Mi sono permesso di fare il tuo nome e dare il tuo numero a una mia amica, Fiammetta Maioni. Si deve separare e mi ha chiesto di consigliarle uno bravo. Ho subito pensato a te.»

Accettava di seguire una separazione?

Non lo sapeva. Non aveva voglia di dire no. Non

aveva voglia, perché non era capace di dire no in assoluto, perché da cosa nasce cosa, perché gli piaceva fare giudiziale, perché quell'anno aveva fatturato poco.

"Che faccio? Accetto?"

Aveva passato troppo tempo in uno studio di quelli grandi, che hanno almeno un ufficio a Roma e uno a Milano, e che qualcosa di inglese – fosse anche solo la "&" – nel nome ce l'hanno.

Per tutto quel periodo aveva lavorato sui clienti degli altri. Per poi diventare socio, nel tempo, ma di quei soci che lavorano sempre sui clienti degli altri. E diceva sì anche quando il socio, quello che era il vero padrone dello studio, decideva che forse era più comodo lavorare in piedi, magari saltellando su una gamba sola.

Così, uno come lui non poteva durare a lungo. Aveva deciso, quindi, di ripartire quasi da zero, puntando tutto su se stesso e su un pacchetto di clienti ridotto. Voleva dire guadagnare meno, doversi preoccupare sul serio di spese e costi e dipendenti, ma era una bella sfida, che aveva raccolto con molta apprensione e altrettanto entusiasmo.

Perché voleva dire, soprattutto, essere liberi. Liberi di dire sì, liberi di dire no. Liberi di puntare la sveglia alle nove, senza sentirsi in colpa, che oddio, e se mi chiama che figura ci faccio. Liberi di decidere della propria vita, tutti i giorni. Perché la gente non lo sa. Ma la tua vita, quando fai un lavoro così, passa dove lavori. E quello che sei nel tuo lavoro, diventi *tu*. Se sei schiavo, schiavo sei anche quando torni a casa, anche se pensi di essere libero solo perché hai tutti i canali di Sky.

Quando, invece, hai la libertà di scegliere, non hai quel senso di rabbia che te lo leggi in faccia appena inizi a farti la barba. Non ce l'hai.

E sono la libertà e la salute a fare felice un uomo. Magari non proprio felice, perché poi dipende se ti diverti veramente, se la Roma vince, se i soldi ci sono, e le preoccupazioni no, ma quantomeno sereno, quello sì. Anche se devi fare i conti con la realtà, con i soldi che devi tirare fuori in un anno, con i clienti che vanno cercati e coccolati, e magari abbandonati, se non conviene tenerli.

Per tutto questo, non si può andare troppo per il sottile e dire no al lavoro, qualunque sia. E poi, quando compri anche un solo portacenere per il tuo studio, per il tuo, non per quello che non sarà mai tuo, tu neanche lo sai quanto senti di essere libero. Quando sei libero, basta un portacenere. Quando sei schiavo, prova a comprarti un portacenere. Poi me lo dici come ti senti.

Lasciò il cart.

Prese un ferro nove. Iniziò la ricerca.

Aveva uno strano rapporto con il golf. Era severo con se stesso all'inverosimile. Non sarebbe riuscito a violare una regola neanche a volerlo, non se lo sarebbe perdonato. Perché lui, nella vita, le regole non le violava. Figurarsi nel golf, che se lì vuoi essere disonesto è davvero un attimo.

E quel sabato, come solo in qualche altro sabato dell'anno gli riusciva, Andrea Sperelli era andato a giocare forse proprio per questo. Per dimostrare che si può migliorare, nel tempo, nel rispetto delle regole.

Trovava qualunque cosa che sembrava la sua palla ma non era la sua palla. Alla fine (dopo quanti minuti: tre? quattro? un'eternità, come sa bene chi gioca) la vede, è lì, è lei, è la sua. E non è neanche messa così male. Un po' rialzata sul terreno, senza troppi ostacoli che gli impe discano, né dietro né davanti, di provare a fare un movimento che assomigli allo swing.

Ha il ferro nove tra le mani. È un colpo dall'alto. La distanza è quella. È il ferro giusto. Morbido, ricordati, morbido. Pensa a farla alzare. Gira i fianchi. Non steccare la gamba destra. Attraversala. Colpisci la zolla. Prova il colpo. Ora vai.

E la prende male. Una flappa. Il braccino, la paura di andare oltre, là paura di andare corto e storto. La paura. Che ti irrigidisce le spalle, che non ti fa fare il movimento con il busto, che ti fa colpire la pallina solo con le braccia, senza alcuna torsione. Si alza, si alza, ma poco, troppo poco. E poi il fossato. E la pallina nel fossato. Che lì dentro non ci scende nemmeno uno della Protezione civile.

In quel momento, però, per un attimo, invece di pensare al colpo sbagliato, gli rimbalzò nella mente quel nome: Fiammetta. Una sensazione strana. Senza accorgersene, senza sapere perché, sentiva che sarebbe entrata nella sua vita. Lo sentiva.

Un casino.

2

«Mammaaa, papà dormeee!»

"No, papà dormiva" pensò Andrea, mentre si svegliava per l'urlo di Laura. "Ma ora non dorme più."

«Amore di papà, quando tu entri nella stanza di papà, e vedi che papà dorme, se urli che papà dorme, papà poi non dorme più.»

Cercava di essere convincente. Ma Laura aveva quattro anni, gli occhi verdi profondi come la madre, e un amore sfrenato per il padre. Non sarebbe mai riuscito a dirle una sola parola senza trasformarla in una dichiarazione d'amore. Ne era cosciente, e gli sembrava già una buona cosa. Quindi la prese in braccio, se la strofinò tutta addosso e andò nella sala da pranzo, dove il tavolo era apparecchiato – a quel punto, solo per lui – per la colazione.

Erano le dieci e mezzo ed era domenica mattina, ma Beatrice, sua moglie, e i bambini – oltre Laura, Riccardo di otto anni e il piccoletto di sedici mesi – erano già pronti per uscire.

Tutta la severità e la durezza che Andrea metteva ogni giorno nell'affrontare la vita, quando era dentro casa, quando era in famiglia, sembravano scomparire. Era come se l'Andrea che andava a mille all'ora da quando usciva al mattino a quando rientrava la sera una volta varcata quella porta si fermasse, e si parcheggiasse in un angolo.

La padrona incontrastata di quella casa era la moglie. Ad Andrea andava bene così. Era lui che voleva così.

La sua famiglia doveva essere qualcosa che era lì, che c'era, un porto sicuro, che non doveva creargli problemi, che doveva lasciarlo vivere.

Andrea faceva ruotare la sua giornata intorno a se stesso. Beatrice, i figli, erano stati dei passi importanti della sua vita. Previsti. Quelli che ogni uomo sa che prima o poi dovrà fare. E ora erano lì. Un punto fermo. Immobile. La staticità pura.

Eppure quel giorno che con Beatrice era entrato in sala parto, Andrea c'era stato con tutto se stesso. L'arrivo di Riccardo, di Laura, del piccoletto lo avevano tenuto incollato al pavimento di quella stanza e allo stesso tempo lo avevano fatto volare dall'emozione. Lui aveva vissuto quei momenti sapendo perfettamente cosa avrebbe voluto dare ai figli. Era consapevole del miracolo che si stava consumando, quando li aveva visti nascere. Erano suoi. Erano persone. Che avrebbe amato e da cui sarebbe stato amato. E per questo, già solo per questo, era cosciente che avrebbe dovuto dire grazie, sempre, a Beatrice, qualunque cosa fosse mai successa tra loro. Grazie per tutta la vita.

«Andrea, noi siamo pronti. Ti aspettiamo? Anzi, no, andiamo a piedi a prendere i giornali, vienici a prendere all'edicola con la macchina. Poi andiamo a Villa Glori e pranziamo al Circolo.»

Amava Beatrice. Sua moglie era bellissima, di una bellezza semplice, fuori dal tempo. Aveva i capelli nerissimi – come i loro tre figli – e un viso che faceva star male da tanto era perfetto, in cui trionfavano due occhi verdi e un sorriso disarmante. Della prima notte che aveva passato con lei, dodici anni prima, ricordava sempre di non essere riuscito a fare nulla per l'emozione e di essere stato tutta la notte a guardarla mentre dormiva, a scrutare il suo viso e a dirsi che non era possibile che stesse lì, con lui.

Ma quello che più amava era il suo carattere. Era una donna tranquilla, che sapeva emozionarsi per le piccole cose, senza pretese, affascinata da tutto ciò che fosse bello e vivo, piena di interessi e, soprattutto, organizzatissima. La donna ideale per uno come lui che, invece, dal momento in cui apriva gli occhi al mattino combatteva contro il caos che regnava, incontrastato, nella sua vita.

Abitavano in un attico, tanto piccolo quanto luminoso, vicino piazza Mazzini. Di lì potevano vedere la cupola di San Pietro e, con qualche difficoltà, dalla parte opposta, il Tevere.

Aspettò che Beatrice e i bambini uscissero. Finì di fare colazione e, velocemente come sempre, fece una doccia. In meno di un quarto d'ora era pronto per uscire. Raggiunse Beatrice e i bambini in strada.

Appena salita in macchina, Laura gli impose di mettere *Salirò* di Daniele Silvestri. Aveva comprato quel cd l'estate in cui lei era nata. Erano anni che, in macchina, si ascoltava quella canzone. Perché lei rideva quando la sentiva e aveva pochi mesi. E poi perché le piaceva. In un modo o nell'altro, vinceva sempre lei.

Scaricò l'intero presepe all'ingresso di Villa Glori, quello dalla parte del maneggio dei cavalli, e cercò parcheggio.

Raggiunse Beatrice e i bambini che già si sfiorava il dramma: Riccardo voleva solo giocare a pallone, e Villa Glori, in effetti, si presta poco; Laura voleva montare a cavallo, ma uno piccolo, che si potesse toccare con i piedi per terra; il piccoletto voleva giocare con il pallone del fratello. Andrea tentò di riportare l'ordine, distribuendo equamente pallone e cavalli. Ci riuscì a stento, con Beatrice che lo guardava, divertita, mentre cambiava tono di voce a seconda del figlio a cui si rivolgeva.

Finalmente la mattinata a Villa Glori finì. Se ne andarono a pranzo al Circolo.

Entrarono nella sala ristorante che già era piena. Al solito, tutti gli occhi erano per Beatrice. Andava orgoglioso della sua bellezza, del fascino che sua moglie emanava senza dover fare nulla. Beatrice. Che c'entrava, però, così poco con tutto quel mondo. Lei, che avrebbe passato la vita a girare musei, a leggere libri, schiva di tutto e tutti.

Ci misero un po' per arrivare al tavolo, dovendo elargire sorrisi, saluti, abbracci ai vari amici, più o meno intimi, e ai conoscenti che incontravano.

Mangiarono tra mille risate che gli fecero fare i bambini. Riccardo fremeva, perché alle tre giocava la Roma all'Olimpico e sarebbero andati. Gli chiese:

«Papà, ma nonno Cesare portava anche te alla partita quando eri piccolo?»

«Certo che sì, in Tevere, come noi due.»

Ma era una cosa di cui non parlava volentieri, perché lo commuoveva. Si limitò a dire: «Invece di fare domande, sbrigati a finire».

Laura chiese perché non ci portassero anche lei. Le rispose che quando sarebbe stata più grande sarebbe andata con loro. Lei aggiunse un: «Ma a me non piace la partitaaa», che gli complicò la risposta.

Le disse, a quel punto, che un giorno sarebbe potuta andare con loro, sempre che avesse avuto piacere perché non doveva sentirsi obbligata a fare cose che piacevano al papà e al fratello, ma doveva scegliere liberamente ciò che piaceva a lei.

Sua figlia lo guardò interdetta, e lui fu felice che il piccoletto non avesse ancora l'uso della parola, perché non era pronto per altre domande.

«Siamo una bella famiglia» gli disse Beatrice.

«Siamo una bella famiglia» le fece eco convinto.

3

Quel lunedì aveva una giornata relativamente tranquilla: un'udienza alle undici, niente di che, e poi alle quattro l'appuntamento con Fiammetta Maioni, che aveva fissato due giorni prima, mentre giocava a golf, quando per la prima volta l'aveva sentita al telefono. Poteva restarsene, quindi, con la sola parentesi dell'udienza, tutto il giorno in studio, e alle sette, se ce l'avesse fatta, sarebbe potuto andare a fare pugilato da Fiermonte, ai Parioli. Alle otto e mezzo a casa. Un bacio della buonanotte ai bambini, e poi un po' di televisione con Beatrice.

Il suo studio era in via Sabotino, proprio di fronte ad Antonini, che trovami, in Prati, e forse anche oltre, un bar pasticceria migliore. Quanto un appartamento al terzo piano di un palazzo in Prati, in via Sabotino, di fronte ad Antonini, possa essere importante per la vita di una persona, Andrea lo sapeva bene.

Quello studio era lui stesso. Aveva faticato tutta la vita per arrivare lì, a prendere in affitto un appartamento disastrato, a ristrutturarlo. A ordinare porte e computer. A far progettare e realizzare la reception. Ad arredarsi, pezzo per pezzo, ogni stanza. A scegliere anche gli scaffali per le stanze meno importanti. Per poi appendere fuori una targa: "Studio Legale Sperelli".

La sua stanza era miracolosamente ordinata. Davanti alla finestra angolare, un grande tavolo di cristallo, che era la sua scrivania. Di lato, sulla destra, un tavolo più piccolo, sempre di cristallo, dove c'erano telefono e computer. Il computer. Un'altra sua fissazione. Tutto doveva essere Apple. Tranne il telefonino, rigorosamente Blackberry, tutti gli strumenti elettronici che aveva, in casa o in studio, avevano la mela. La mela dava un ordine alla fantasia, non l'annullava. E a lui piaceva l'idea che la fantasia fosse presente in ogni momento della sua vita.

Sulle pareti, quadri di autori contemporanei, e molte opere di Lodola. Poi una foto di Beatrice e dei tre figli. Due scaffali pieni di libri. Due poltrone. Più in là un divano in pelle nera. Sulla parete più grande, un quadro, di Lombardini, raffigurante una Vespa 125 TS. Lo adorava. Alle due grandi finestre, tende bianche, di quelle che scendono giù dritte.

Nello studio lavoravano in sei: Andrea, tre giovani collaboratori e due segretarie, Simona, che conosceva vita, morte e miracoli dello studio, e Valeria, che teneva la contabilità.

Era una di quelle giornate di dicembre che, a Roma, sembrano sorriderti perché manca così poco a Natale. Aveva accompagnato Riccardo e Laura a scuola, come tutte le mattine. Sotto lo studio aveva incontrato Massimo e Claudio – due suoi colleghi e grandi amici, che avevano lo studio, in associazione, nel suo stesso palazzo – e insieme avevano fatto colazione da Antonini. Per lui cornetto semplice e cappuccino con latte freddo.

Era una strana vita, la sua. Così distante da quella che, all'inizio, avrebbe dovuto essere. Così distante da quella che aveva avuto sua moglie.

Beatrice aveva avuto due genitori innamorati, ancora sposati dopo quarant'anni. Un padre primario gastroenterologo e una madre docente universitaria a

Lettere moderne. Una sorella, più piccola di un anno, pianista. Due domestici che vivevano nella casa di famiglia da prima che lei nascesse. In quella casa in via Vincenzo Tiberio, in piena Collina Fleming, in cui non esisteva il rumore. Dove tutto era ovattato. Dove anche la televisione, al massimo del volume, sembrava parlare piano.

I genitori di Andrea, invece, se n'erano andati che lui non aveva ancora compiuto un anno. L'avevano cresciuto i nonni materni, Ada e Cesare, che avevano una macelleria a Testaccio. Come uno che cresca in mezzo alla strada, che scopra all'improvviso, quasi per caso, l'esistenza dei congiuntivi, dell'epica, e poi dell'*Iliade* e dell'*Odissea* e del greco, riesca, non dico a diventare avvocato, ma a entrare in un mondo distante anni luce da quello dal quale è venuto, senza scorciatoie di nessun tipo, era un fatto che ancora oggi lo sorprendeva.

Dormiva nel letto tra il nonno e la nonna. L'aveva fatto fino a otto anni. Poi aveva avuto diritto a un letto tutto suo, in soggiorno. La casa era piccola, ma era piena di bei rumori. Comandava la nonna. Lì e in macelleria. Al nonno era destinato il compito di sbrigare le commissioni per la casa e per il negozio: comprare quello che serviva, consegnare la carne a domicilio ai clienti, portarlo e riprenderlo a scuola (ma solo per il primo anno d'asilo, dal secondo era già autonomo, già andava e tornava da solo). Suo nonno rideva sempre, era sempre di buon umore. Sua nonna mai. Suo nonno guardava tutte le donne, tranne la nonna. In particolare, e oggi sentiva di poterlo dire con una qualche sicurezza, guardava la donna che prestava in casa servizio a ore. La nonna mangiava a capotavola, il nonno di lato e Andrea di fianco a lui. A nonno Cesare si doveva una famosa massima, da scolpire a futura memoria a beneficio dell'umanità a venire: "Aduccia mia, tu non mi devi dire quand'è che ho torto, tu mi devi dire quand'è che ho ragione", che veniva declamata, con pacatezza disarmante, quando Ada lo ricopriva di urla perché c'era qualcosa, da qualche parte tra la casa e la macelleria, che ai suoi occhi non andava, e la responsabilità – così, per principio – era imputabile certamente a Cesare.

Era cresciuto in questa famiglia. Dove il tempo era scandito dai ritmi della macelleria: il giovedì pomeriggio chiuso, il venerdì sveglia alle quattro per andare al mattatoio a comprare la carne. E oggi, quando andava al Macro, l'odore della carne lo sentiva ancora. L'unica variante ai tempi dettati dal negozio erano quelli dati dalla Roma. Ogni volta che giocava in casa, suo nonno andava. Non aveva nemmeno quattro anni che iniziò a portare anche lui. Abbonamento in Tevere Centrale. Ricordava confusamente Pizzaballa, Losi. Poi Ginulfi. La morte di Taccola a Cagliari. Ricordava il gol di Scaratti contro il Gornik. Ma quello in televisione.

E solo lui sapeva cosa volesse dire, oggi, andare allo stadio con Riccardo. Vederlo alzarsi in piedi, all'ingresso della Roma in campo, braccia e sciarpa rivolte al cielo. Cantando un inno e una fede. Con quella voce da bambino. Con quegli occhi da bambino. Che erano i suoi, quando andava con nonno Cesare. In quei momenti lui se ne restava seduto, a guardare il figlio. E, spesso, lui che non piangeva mai, nascondeva gli occhi.

Nonno Cesare glielo ripeteva sempre: "Ricordati che, nella vita, tutto passa, tranne la Roma".

4

«Ti passo a prendere alle nove?»

«Facciamo nove e mezzo.»

Elena Ronco si svegliava presto la mattina. Quella mezz'ora in più non le serviva a nulla, voleva solo restare ancora ferma lì, a casa, a viversi quel dispiacere che le aveva spento un po' il sorriso. Non era tanto la fine del suo matrimonio, ormai logorato da troppe differenze, ma la decisione di chiudere la storia che l'aveva accompagnata durante la fine di quel matrimonio. Si era attaccata a Piero come una nave a un rimorchiatore. Giusto il tempo di trovare l'uscita dal porto. Poi Piero era diventato un peso. Da doversi liberare subito della cima e prendere il largo. Per dove, non le era ben chiaro. Si sentiva in colpa verso di lui. Ma era come sentirsi in colpa quando si decide di cambiare una vecchia macchina, ormai superata dal tempo, dalle esigenze e dai gusti. Non ci si può fare nulla. E il fatto di pensare a Piero come a una macchina, come a un oggetto a cui si è solo affezionati, le dava la misura di quanto stesse facendo bene. Adorava Michele, suo figlio. Questa era l'unica certezza. Il resto, vallo a sapere.

Preparò con calma una valigia enorme. Doveva stare fuori solo qualche giorno. Ma dentro infilò praticamente tutto. Le piaceva vestirsi, e cambiarsi. Lo faceva in un attimo. Le piacevano le cose colorate. Aveva quattro anni quando i suoi la portarono, d'estate, in vacanza a Positano. Di quella vacanza non ricordava i mille scalini, il mare, i bagni. Ricordava i colori dei costumi appesi fuori dai negozietti, che si faceva comprare battendo pugni e piedi.

Le bastava mettere su uno straccio per essere elegante. Ma gli stracci li sceglieva con mille occhi. Era alta, bionda. Fisico atletico. Avrebbe nuotato anche nel Tevere, dalle parti di ponte Milvio, se non avesse avuto una piscina dove andare. Appena poteva, andava a correre a Villa Glori, perché con quei sali scendi fa bene alle gambe, e quando è caldo corri all'ombra, e poi la città è laggiù, lì sotto, e ti sembra di essertene allontanata per sempre dopo nemmeno un minuto.

La sua casa era vissuta anche nello sgabuzzino. Piena di colori e di spazi occupati da chi la abitava. Non si aveva mai la sensazione di violare qualcosa, entrando in quella casa. E lei sorrideva sempre. Sempre. Quella mattina meno.

Quando Gaia arrivò, alle nove e mezzo precise, lei si fece trovare in strada, davanti al portone. Era una bella mattina di dicembre. Di quelle che a Roma c'è il sole, e ti domandi come facciano a Milano.

Dalla sua casa – un attico di via dei Monti Parioli, proprio di fronte a via Ammannati – si vedeva Prati, laggiù, e, perfettamente, San Pietro. C'era cresciuta, a Prati. Prima di scendere si era preparata una colazione abbondante, e si era mangiata tutto in terrazzo, guardando fisso davanti a sé. Guardò la cupola, che era lì, bellissima. E pensò che per lei non era bellissima come per tutti. Era bellissima per quello che rappresentava nella sua vita. C'aveva vissuto, sotto quella cupola. E niente era cambiato, in quella cupola. Ma tutto quello che c'era intorno sì. Era splendida, e forte, e ferma, e rassicurante. C'era quella mattina, che stava per iniziare una nuova vita, come c'era quando andava a scuola al Convitto Nazionale, o a mangiare una pizza con i suoi, o al primo bacio, o al primo pianto.

Le passavano davanti quelle immagini, e quella spensieratezza. È assurdo che quando pensi alla tua vita, quella vita la rivedi per luoghi, e sensazioni, e momenti. Ma mentre li vivevi, quei luoghi e sensazioni e momenti, mai avresti pensato che sarebbero diventati, un giorno, i fotogrammi indispensabili per montare il tuo film. Si disse, prima di chiudere l'ampia finestra del terrazzo, che quello che è bello, e che fa bene al cuore, è quello che rimane. Il tempo si porta via il resto.

Salì sulla macchina di Gaia, una Polo che era tutta un'ammaccatura.

«Con questa vuoi andare a Cortina? Di' la verità, la tua speranza è che restiamo ferme al casello di Fiano e che, chissà come, si incontra qualcuno che ci porta a destinazione. Con questa non arriviamo nemmeno a Monte Livata.»

Gaia le sorrise. La adorava. Erano amiche fin da ragazzine. Elena era bellissima ai suoi occhi. Lei, sempre ai suoi occhi, molto meno. Le riconosceva, poi, la capacità di uscire, ridendo, da sotto le ruote di un camion. Gaia era l'opposto di Elena: non era alta, non era bella. Aveva, però, tutto sommato, un fisico sportivo. Palestra e spinning erano il suo sfogo. Era meno solare, spendeva ogni secondo a riflettere sul secondo appena vissuto, si annodava su ogni cosa, complicando il semplice e non vedendo mai l'uscita a un metro da sé.

«A Monte Livata c'andavo da piccola, e davo di stomaco subito dopo Subiaco. Quindi, non sottovaluterei le difficoltà di quel viaggio. Detto questo, metti dentro quel baule, che poi mi spieghi cosa ti sei portata, e tra sette ore esatte stai da Lovat davanti a un bel krapfen. Se poi si arriva un po' più tardi, non ti lamentare: aperitivo a La Suite o da L.P. Domattina andiamo a sciare in Tofana. E a pranzo siamo al Lago Ghedina. Me l'ha confermato adesso Giorgio che è arrivato ieri sera.»

«Fai tu. Basta che ritorno senza che siano successi altri miracoli. Piuttosto, pretendo di salire con le pelli a Col Druscié di notte, e di giorno su fino all'Averau. Dillo a Giorgio. Altro che palestra, ci penso io a te.»

Salire con le pelli, per Elena, era diventato il suo modo di vivere veramente la montagna d'inverno, di entrarci dentro. Mettere gli sci a valle per scalare la montagna, metro dopo metro, e trovarsi lassù, dopo qualche ora di cammino, col cuore in gola. Togliere le pelli, girare gli sci a valle per farvi ritorno. Stanca, ma parte di quel paesaggio, respirato minuto dopo minuto. Non era più sciare. Per lei era diventare un tutt'uno con quell'inverno.

Elena era fatta così. Le amiche, a volte, la prendevano per pazza. La verità era che non viveva di compromessi. Il suo amore per lo sport, quello fatto di sudore, di sconfitte che ti insegnano a vincere, e di successi che ti danno la misura che ce la si può fare, le aveva insegnato che i traguardi nella vita dipendono da te, dalla tua voglia di raggiungerli, dalla fatica che impiegherai nel cercare di ottenerli. E che la bellezza è in quella fatica. E che la qualità della tua vita è nel tempo impiegato a faticare per prepararti a quelle sfide. E che il rispetto della tua vita è il rispetto per la vita degli altri, della fatica che gli altri impiegano per ottenere gli stessi risultati, o altri e diversi, ma sempre onestamente, lottando. E a fidarsi degli altri. Di quelli che sono con te, che stanno dalla tua parte, che ti coprono le spalle, che ti corrono accanto. Lo sport le aveva dato la possibilità, da subito, di misurarsi con se stessa senza dover fare i conti con qualcuno che avrebbe voluto ricordarle, ogni secondo, che era una donna, e che forse era meglio di no, e che forse era meglio un passo indietro. In piscina, se sei la più forte, il bordo lo tocchi prima. Sulle piste, se sei la più veloce, a valle arrivi prima. Quando corri, se non ti stanno dietro, il nastro lo tagli tu. Non ci sono capi ufficio, colleghi invidiosi, mariti fragili. Lo sport è un mondo in cui a una donna è permesso essere se stessa.

«Io in palestra ci vado tutto l'anno. Se poi hanno inventato le seggiovie ci sarà pure un motivo. E se tu hai deciso di farti la montagna al contrario, è un problema tuo» le rispose divertita Gaia.

«Dài, sali con me. Poi, la sera, ti porto una volta a Villa Oretta, polpette e purè, e un'altra al Camineto, con pasta e fagioli e tavolo tondo giù in fondo all'angolo, che vediamo chi entra e chi esce. Altrimenti, se vuoi restare in linea, dopo quattro piste a farti le curvette e tre soste al rifugio, la sera ti lascio a casa con l'ananas, e mica lo so se prima ti do un piatto di prosciutto.»

Elena era felice di partire per andare a Cortina. Non altrove, proprio lì. Perché quel posto lo conosceva bene. Ci andava da bambina, d'inverno e d'estate, con i genitori. Il padre, Alberto, era un socio storico dello Sci Club 18. Le aveva insegnato ad amare la montagna, e quella valle. Le aveva insegnato ad amare e rispettare ogni pietra e ogni fiocco di neve. C'era andata anche da ragazza. E poi durante tutto il suo matrimonio. Quando aspettava suo figlio. Mesi e mesi, anche fuori stagione. Per lo più, quindi, stava lì da sola. Con il marito che la raggiungeva nel fine settimana. E aveva imparato veramente a vivere quel posto, insieme a suo figlio ancora piccolo. Ci sono dei luoghi che non ti appartengono mai fino in fondo. Altri in cui, invece, anche se qualcuno ti dimenticasse lì per sempre, anche se qualcuno buttasse via la chiave, tu ti sentiresti comunque a casa. Cortina, per Elena, era questo. E sapere di tornarci, anche solo per respirare un attimo quell'aria, la rendeva felice.

Si mise i Ray-Ban, alzò la musica e lasciò che Gaia la portasse lontano da tutto.

5

Arrivarono le quattro. «Avvocato, c'è la signora Maioni, in sala grande.»

«Sì, Simona, grazie, vado immediatamente.»

Si alzò dalla sedia della sua stanza. La sala riunioni era dalla parte opposta dello studio. Arredata anche questa come si deve. Grandissimo tavolo in cristallo, grandi finestre lungo la parete, di fronte una consolle di Tommaso Ziffer, con sopra due piccole ceramiche di Ontani, bellissime. Tra queste, uno stereo Bang & Olufsen. Sul lato corto, un cinquanta pollici al plasma. Ogni volta che entrava in quella sala pensava che la maggior parte di quello che incassava serviva per pagare i debiti che aveva fatto per mettere su lo studio. Ogni tanto avrebbe preferito aver preso una stanza in affitto in qualche studio legale, che lì in Prati te le tirano dietro, così da poter volare bassissimo, senza tutte quelle spese. Ma tant'era, e visto che la pagava salata quell'immagine che voleva dare di sé, tanto valeva godersela.

«Monica, andiamo? È arrivata la separanda.»

Monica era uno dei tre avvocati che lavoravano per lui. Su ogni pratica Andrea cercava sempre di coinvolgerne uno fin dall'inizio, così da essere supportato. Che se poi gli chiedi, a pratica in corso, di darti una mano, impieghi più tempo a spiegare le cose e tanto vale fartele da solo.

Chiamare un cliente non per nome ma dandogli un'etichetta giuridica era il modo che avevano inventato tra di loro per prendere distanza dalle questioni. È come il medico che chiama "infartuato" uno che ha problemi di cuore, o "diabetico" uno che non può mangiare zuccheri. Così, per farli essere una questione lavorativa e non un caso personale.

«Andrea, questa è una che paga?»

«Mah, direi di sì. Si tratta di una buona famiglia. Lei è una giornalista. Comunque adesso la facciamo parlare. Sentiamo com'è la situazione. Poi le diciamo quello che c'è da fare e quanto vogliamo per iniziare. Se paga, bene. Altrimenti, baci e abbracci. Ho già capito che è una separazione di quelle che poi ce l'abbiamo tutti i giorni sul collo. Quindi o paga o niente.»

Bussò alla porta ed entrarono. Andrea aveva sempre trovato educato bussare prima di entrare in sala riunioni, quando dentro c'era un cliente che aspettava. Non aveva mai voluto che i clienti si sentissero "a casa sua". Quello era un posto di lavoro, ed era un posto aperto al pubblico. Seduta, al lato lungo del tavolo, vicino alle finestre, la separanda. Gli tese la mano. Andrea gliela strinse presentando Monica. La separanda aveva capelli biondi, appena mossi. Gli occhi azzurri, quasi trasparenti. I denti bianchissimi. Jeans, una camicia azzurra. Scarpe con un accenno di tacco. Aveva un sorriso. E un profumo.

Andrea e Monica si sedettero di fronte a lei. Andrea non si metteva mai a capotavola. Soprattutto se con lui c'era uno dei suoi collaboratori.

«Signora, eccoci qua. Lasci stare i convenevoli, le presentazioni, e venga subito al dunque. Siamo qui per ascoltarla. Ci racconti quello che sta succedendo ora.

Poi ci parli un po', ma dopo, della sua storia matrimoniale. Le chiedo solo una cosa: l'ideale sarebbe che lei ci dicesse tutto. Ma preferisco che ometta qualche dettaglio anziché raccontarci cose non vere. Per noi è meglio non sapere una cosa piuttosto che fare affidamento su un fatto che poi si scopre essere falso.»

La separanda iniziò, come un fiume in piena. «Parto dall'inizio, allora. Sabato, quando l'ho chiamata, nella busta delle lettere ho ritirato questa. Prima di riceverla, da mio marito avevo sentito, per l'intera settimana, che la cosa che più voleva al mondo era separarsi da me. Poi, da sabato, ricevuta la lettera, è stato tutto un insulto. Mi ha trattata come neanche la peggiore delle donne. A urlarmi tutto il tempo: "Vai via da casa mia". La prego di credermi, io ho cercato di farlo ragionare, di riportare la tranquillità. Lui urlava e io parlavo piano. Lui a dirmi qualunque cosa e io a pesare anche la più piccola parola. Non mi è scappata neanche mezza parola fuori posto. Neanche mezza. Io non avrei mai voluto separarmi, ma adesso ho paura. Non vuole neanche più sentire la mia voce, mi ha detto di parlare solo con il suo avvocato, che non vuole più vedermi né sentirmi. Per questo ora sono qui.»

E le scappò una lacrima.

Gli passò la lettera che le aveva fatto recapitare il legale del marito. Era, come già sapeva, un delirio di provocazioni:

Si è rivolto a me il signor Leonardo Grava. Suo marito si vede costretto, mio tramite, a comunicarLe la sua decisione di separarsi. Detta decisione, sofferta, frutto di un profondo travaglio interiore, si è resa necessaria per i Suoi comportamenti, tutti improntati al più totale disprezzo degli obblighi nascenti dal matrimonio e, soprattutto, di quelli nei confronti di Suo marito, e per la necessità di tutelare le figlie che hanno, come unico riferimento per le loro vite, il padre. La prego, quindi, di prendere contatto con lo scrivente al fine di valutare i termini di una separazione consensuale.

Andrea passò la lettera a Monica, perché anche lei la leggesse. Sorrise alla separanda. «Signora, questo è lo stile» ("Stile..." pensò tra sé) «di molti avvocati. Per noi questi sono rumori di cantiere, mi creda. La sostanza delle cose è ben diversa. Cercheremo di raggiungere un accordo ma, in assenza, affronteremo serenamente la causa di separazione, perché una cosa sono le chiacchiere e le offese, altra le prove.» Mentre le diceva questo, pensava come si potesse scrivere una lettera in cui, sostanzialmente, si inviti qualcuno a raggiungere un accordo, utilizzando termini quali "costretto", "decisione sofferta", "disprezzo", o esprimendo il concetto che una donna non meriti di stare con i propri figli. Ma tant'era. Poi lasciò che la separanda gli raccontasse tutta la storia del suo matrimonio, limitandosi a indirizzare il discorso sugli argomenti che potevano avere un interesse reale per la causa. Monica, accanto a lui, prendeva diligentemente appunti.

La voce della separanda gli arrivava leggera, pulita, senza inflessioni. Ogni tanto accompagnava un passaggio del suo discorso con un sorriso, come se la storia che raccontava fosse a lei estranea. Era passata giusto un'ora da quando aveva iniziato a parlare. Non avevano, al momento, altro da dirsi. Andrea si era fatto un'idea precisa di come stessero le cose: il marito era un imprenditore che lavorava nel settore farmaceutico, e se n'era andato perché si era innamorato di un'altra, anche se aveva fatto e faceva di tutto per tenerlo nascosto, stante che lei non aveva uno straccio di prova di questa relazione, ma lo poteva solo intuire. Era più vecchio della moglie di quasi vent'anni; aveva già avuto un precedente matrimonio, da cui era nato un

figlio, ormai ventenne; con la prima moglie i rapporti
erano ancora, a distanza di anni, conflittuali. La seconda moglie, ora, era diventata troppo pressante. Quella
libertà che gli concedeva quando le figlie erano ancora
piccole, perché assorbita completamente da loro, oggi
non gliela lasciava più. E lui aveva i soldi e cinquan-
tacinque anni erano l'età più che giusta per goderse-
li. Voleva liberarsi di questa moglie, che era, diciamo-
lo pure, così distante da lui. Soprattutto adesso che le
figlie iniziavano a diventare grandi. E lui voleva qual-
cuna che lo seguisse un passo indietro, che gli facesse
fare bella figura, ma senza prevalere, che lo incensas-
se, che lo accompagnasse alle cene, che non lo mettesse in difficoltà sottolineando che, tutto sommato, sarà
anche stato pieno di soldi ma avrebbe avuto difficoltà
a leggere un libro anche di quelli con le figure. Lei si
era quindi trovata a dover subire una scelta del marito, che non riusciva a interpretare, se non come il pru-
rito di un uomo ormai maturo, che scappa con la prima che passa. Tutto qui.

«Signora, io devo dirglielo subito. Quando uno si
separa, vorrebbe sempre che un giudice stabilisse che
l'altro è una persona indegna, che non merita di vivere. Se lo scordi. Si renderà conto, semmai dovessimo
andare in causa, che il tribunale deciderà solo quando
il padre dovrà vedere le figlie e andare in vacanza con
loro, quanti soldi dovrà darle al mese per loro e, nel
caso, quanti al mese per lei. L'affidamento delle ragazzine sarà sempre condiviso, anche se suo marito si in-
venterà di tutto per dimostrare che lei è il peggio del
peggio. La casa resterà certamente a lei e con lei vivran-
no le vostre figlie, anche se suo marito farà qualunque
cosa per ottenere l'affidamento esclusivo e il collocamento presso di lui, proprio per evitare di doverle lasciare la casa. Dall'altra parte, dimentichi cifre da ca-
pogiro per lei. Glielo dico perché i giudici, in questa

materia, usano, più che i codici, il buonsenso. E non è detto che, alla lunga, sia un male. E soprattutto una cosa: si scordi che se suo marito la tradisce, allora andiamo dal giudice e vedrai quello quante gliene dice. I tradimenti non sposterebbero la questione. Servirebbero solo per fare colore. Suo marito sarebbe sempre tenuto a darle il mantenimento, se dovuto, e a mantenere le sue figlie. E la casa resterebbe a lei. Un matrimonio finisce perché uno non ne può più. È inevitabile che, prima o poi, compaia qualcun altro. Ma voler dire che la fine di un matrimonio ha il nome e il cognome dell'amante di turno è una stupidaggine, e questo lo sanno per primi i giudici. Piuttosto, se provassimo a metterla sul terreno dei tradimenti, questo servirebbe a suo marito per buttarla in confusione, per cercare di spostare l'attenzione del giudice dalle questioni economiche, che saranno sicuramente quelle che più lo preoccupano, a quelle personali, che gli interessano molto meno.

I giudici, poi, hanno poco tempo per stare ad ascoltare, in udienza, e per leggersi le carte, a casa. Se quel poco tempo glielo facciamo consumare su questioni non rilevanti, facciamo il gioco di suo marito, non il nostro.

Se lui se n'è andato con un'altra, al giudice lo diremo, ma solo se ne siamo sicuri e se ne abbiamo le prove. E solo per fargli capire che quando proveranno a raccontare che lei ha fatto chissà che cosa, al punto che dovrebbe esserle tolto l'affidamento delle bambine e che queste dovrebbero vivere col padre, stanno recitando a soggetto, nella speranza di ottenere qualcosa. Ma niente di più.»

«Avvocato, grazie. Mi sembra tutto così assurdo. Assurdo. Questo è mio marito, è il padre delle mie figlie. È l'uomo con cui ho costruito una vita. Mi sembra tutto così assurdo.»

«Signora, c'è una bellissima canzone di Ivano Fossati che dice: "La costruzione di un amore non ripaga del dolore, è come un altare di sabbia in riva al mare". Sembra folle, ma è un attimo. La persona che è la nostra vita, in un istante, può diventare il nemico da combattere, oppure il peggior persecutore da cui doversi difendere. È così. È difficile da accettare, ma è così. Non si faccia travolgere. Lasci stare l'odio personale, i rancori. Pensi alla sua vita, alle sue figlie. Guardi avanti e basta. Per questo le ho detto come sarà la causa e il suo probabile esito. Perché tra qualche anno tutto il tempo perso a rincorrere suo marito nella guerriglia che lui metterà in atto contro di lei le sembrerà solo tempo buttato. Mi creda.»

«Avvocato, grazie. Grazie davvero. Lei mi ha lasciato parlare. Ho già incontrato altri due suoi colleghi stamattina. Mi scuserà, ma sabato, spaventata, ho preso appuntamento con chiunque. Tutti e due mi hanno fatto parlare poco, e mi hanno promesso mari e monti. Ma io sento che le cose stanno come dice lei. Ho bisogno non di una guerra mondiale, ma di chiudere al meglio, limitando morti e feriti, questa vicenda. E voltare pagina. Ricominciare a vivere. Lo devo a me e alle bambine. Non avrei mai voluto tutto questo. Ma mio marito è deciso e determinato. Non capisco proprio che gli ho fatto. Non lo capisco. Avvocato, mi fido di lei.»

Ci sono persone il cui terrore, una volta che si trovano di fronte al mostro della separazione, non è perdere la persona amata, o la persona che credono di amare, ma quella di perdere il matrimonio, il marito o la moglie, di cadere dal gradino dove si sono accomodate. Non perché l'essere separati determini un discredito sociale, ma perché c'è da ricominciare daccapo, da rimettersi in discussione, da ripresentarsi al mondo non più come coppia ma da soli, con tutto ciò che questo comporta. Perdere il matrimonio è perdere. Quindi meglio non metterlo in discussione. Non mettersi in discussione. Perché fa fatica, e un po' paura, dover rispondere ai messaggi, dover andare a cena, dover ripensare la propria vita, rifare delle scelte. E sperare di azzeccarle. Fiammetta non sapeva cosa le stesse succedendo. Sapeva solo che stava subendo una separazione e che aveva un fastidiosissimo problema da risolvere. Non rendendosi conto che la separazione, qualunque separazione, a volerle trovare un pregio, ne ha certamente uno, che è quello di importi di fare i conti con te stesso. Sono quelli che non fanno questi conti che non riescono a separarsi, che la separazione non l'accettano, che non ne escono. Che danno la colpa all'altro. Che io ho sposato la persona sbagliata. E quello che si chiedeva Fiammetta in quel momento era che cosa passasse per la testa del marito, o come cercare di limitare i danni. Ma nulla che riguardasse lei.

Si appoggiò allo schienale. Solo allora Andrea notò che, per tutta la durata del loro incontro, era stata dritta, in punta di sedia, a parlare di sé come se fosse a un esame. «La ringrazio. Spero che la sua fiducia sia ben riposta. Chiamerò l'avvocato di suo marito, fisserò un appuntamento, lo incontrerò e le farò sapere. Vediamo che aria tira e poi valuteremo il da farsi.»

L'incontro finì. L'accompagnò alla porta. Si salutarono. La separanda lo guardò negli occhi. Gli disse: «Grazie». Andrea rispose con un sorriso accennato. Pensò che forse poteva andarsene un po' prima a fare pugilato.

Monica lo riportò alla realtà: «Ma non le hai chiesto il fondo spese?».

«Vabbè, la prossima volta.»

«E poi la prossima volta vedi se riesci a citare un altro passaggio della canzone di Fossati, che ormai quello lo conosco a memoria...»

«Perché, non ti è piaciuto come gliel'ho detto, con lo sguardo convinto?» le rispose Andrea sorridendo, voltandosi lentamente per rientrare nella sua stanza.

«Sì, sì, funziona sempre. Ma dovresti iniziare a cambiare repertorio» replicò Monica, divertita di come Andrea sapesse giocare con il loro mestiere.

Le parole di Monica lo raggiunsero che già pensava ad altro. A che ora fosse. Al pugilato. Al cappuccino che si sarebbe meritato.

Ma tra sé e sé non poté fare a meno di ripensare a quelle parole: "Un altare di sabbia in riva al mare".

6

La mattina seguente Andrea andò a Fiumicino in moto. Aveva una BMW 1200 RT. La stagione, malgrado fosse a dicembre, ancora lo permetteva. Aveva un appuntamento a Milano alle nove, e per questo aveva preferito non prendere il Freccia Rossa, che non sarebbe arrivato in tempo, anche se in treno in tre ore si va da centro a centro e si può lavorare per tutto il viaggio. La cosa che più gli scocciava, quando andava a Milano, quasi una volta a settimana, e doveva andarci in aereo, era poi perdere cento ore per rientrare a Roma dall'aeroporto con la macchina. Con la moto, o con la Vespa, impiegava sì e no quaranta minuti, e questo lo faceva sentire più rilassato. Lasciò la moto nella zona degli arrivi, entrò, fece il check-in nella sala Freccia Alata, passò il controllo e si imbarcò, non prima di aver scaricato sul suo iPad l'edizione del giorno del "Corriere della Sera" e della "Repubblica".

Aveva una serie di appuntamenti a Milano. Ai soliti, aveva aggiunto un paio di presentazioni da potenziali nuovi clienti. La speranza era di tornare con un po' di nuovi lavori. Se si fosse fatto troppo tardi sarebbe rimasto a dormire al Michelangelo, il suo solito albergo vicino alla Stazione Centrale. Stanza d'angolo, ultimo piano. Il che gli avrebbe consentito di fare almeno un'altra presentazione il giorno dopo e, cosa per lui più importante, di non vedersi costretto ad alzarsi alle sette per accompagnare Riccardo e Laura a scuola. Avrebbe potuto dormire almeno fino alle otto, e svegliarsi con calma, con i suoi tempi, senza dover sentire: "Mammaaa, papà dorme ancoraaa, facciamo tardiii".

Prese, come al solito, un posto finestrino. Adorava guardare il cielo azzurro e il sole. Adorava guardare dall'alto il mare. Gli faceva sentire il profumo dell'estate e della libertà. Adorava comprendere in un solo sguardo Montecristo e la Corsica. Guardare le coste della Liguria e riconoscere le varie località. Si divertiva poi a cercare, al momento della partenza e a quello dell'atterraggio, campi da calcio o da calcetto. Ne aveva fatto una specie di superstizione: più campi avesse visto e contato al momento dell'atterraggio, in qualunque posto fosse diretto, più il soggiorno sarebbe stato fortunato. Ovviamente, appena si passava sull'Argentario e poi su Punta Ala, lo sguardo cercava i campi da golf, che si vedevano, per uno che sapeva riconoscerli.

Iniziò a scambiarsi messaggi con Guido. Se avesse avuto sedici anni, avrebbe potuto dire, con sicurezza, che Guido era il suo migliore amico. La vita li aveva legati: Andrea non aveva ancora superato gli esami da avvocato, che Guido, conosciuto a cena a casa di amici, era diventato il suo primo vero cliente. Era poco più grande di lui, e aveva messo su una società di informatica, che al tempo non contava nemmeno un dipendente, ed era più quello che guadagnava in nero che quello che fatturava. Oggi, a distanza di vent'anni, quella società di dipendenti ne aveva quasi cento e fatturava tanto da aver fatto di Guido un uomo decisamente ricco, malgrado provenisse da una famiglia che non aveva necessità di conoscere il lavoro. Era questo il suo valore aggiunto: buttarsi nel proprio lavoro, ogni giorno, dalla mattina alla sera, sabato e festivi compresi. Un'attività tutta per sé, che si era inventato dal nulla, con tanta passione, ma senza necessità di guadagnarci, perché aveva, e molto, già di suo. Arrivando a crearsi un piccolo impero.

Erano diventati amici da subito. Ad Andrea piaceva la precisione di Guido, la sua intelligenza, il suo umorismo. A Guido piaceva la vitalità di Andrea. Dopo una decina d'anni che si conoscevano, che si vedevano tutti i giorni per lavoro e, ogni tanto, anche fuori, Guido gli annunciò che aveva da dirgli una cosa importante. Non era persona dalle dichiarazioni plateali. Andrea ne restò sorpreso. Lasciò che parlasse. Gli disse, senza preoccuparsi delle reazioni, che per tutto quel tempo gli aveva nascosto che gli piacevano gli uomini. Più nel dettaglio, gli aveva nascosto di avere, da dieci anni, una relazione stabile con Alessandro.

Il mondo di Andrea era fatto di donne, pallone, amici, buone letture. Che c'entrava un frocio nella sua vita? Fu un trauma. Rimase lì impalato, a guardarlo, senza riuscire a proferire parola, se non due o tre frasi di cui ancora oggi si pentiva. Non voleva ferire l'amico e, forse, neppure il cliente. Per dieci giorni, con una scusa ogni volta diversa, Andrea evitò di parlargli, malgrado le questioni di lavoro si sommassero. Poi pensò di aver capito. Di aver capito che il problema era lui e non Guido. E che lui era talmente gretto, chiuso, provinciale, da non poter nemmeno immaginare che l'omosessualità fosse qualcosa di normale, sì, di normale, che viveva con noi, nelle nostre vite. Aveva pensato, sino a quel momento, che fosse "altro da sé", che non potesse riguardarlo. Come avrebbe potuto mai, lui, essere amico di un frocio? Cosa poteva avere in comune, lui, con un frocio? La risposta se la diede da solo: semplicemente tutto. Lo stesso gusto della vita, le stesse letture, il piacere degli stessi film. La passione per il mare e per i viaggi. Tutto. Sì, a Guido non piaceva lo sport, ma era forse sufficiente per fare finta che no, non erano mai stati veri amici? No, il problema era lui e basta. Quando lo rivide, gli disse soltanto: «Scusami, non avevo proprio gli strumenti per capire». Lui si fece una gran risata, e poi gli propose: «Dài, che ti porto a una festa divertentissima: tutti uomini!». Risero di gusto. Ma Andrea, a quella festa, non ci andò.

Seduto in aereo, direzione Milano. News?

Seduto in ufficio da due minuti. Se mi dicevi che andavi a Milano mi organizzavo. Sì, una importante: mi si è appena fulminata una lampadina.

Ho capito. Andiamo a pranzo in settimana? Mille progetti.

Anch'io. Il principale è che forse ora esco e compro una lampadina nuova.

Erano amici veri. E si scrivevano e condividevano sempre tutto, anche che il tempo si è annuvolato, o che le giornate si sono accorciate, che è meglio quando c'è l'ora legale.

«Può spegnere il telefono, per favore?»

L'invito (l'ordine) della hostess gli arrivò come il rimprovero del maestro che ti scopre a copiare. Chiuse il telefono e si vergognò come un ladro. Prese subito le carte che aveva con sé e si buttò nella lettura. Accanto a lui una donna sui quarant'anni. Gli sorrise. «Anche a me dà fastidio quando mi rimproverano.» Andrea la guardò e, ricambiando il sorriso, le disse: «Dipende da momento e luogo...». La donna si girò e non lo guardò più per tutto il viaggio, che Andrea proseguì leggendo carte e giornali sull'iPad.

A Milano fu un soggiorno tranquillo. Alle sei e mezzo chiamò Beatrice. «Bea, qui si è fatto tardi. Io resterei a dormire. Così domattina mi faccio un altro paio di giretti ed evito, magari, di tornare la prossima settimana.»

«Ok, amore mio. Stai tranquillo. Se non ti dispiace stasera me ne andrei al Pigneto con Cristiana e Valentina. Cannetta, due birre e poi a nanna. A casa, tanto, c'è mia sorella, a cui ho chiesto di rimanere con i bambini.»

«Certo, tesoro. Vai pure.»

Si sentiva in colpa perché non tornava a casa. Si sentiva in colpa con la moglie perché lui, al Pigneto, non voleva proprio andarci. E poi l'idea delle canne gli faceva tristezza. Gliel'aveva detto mille volte a Beatrice: «Tu al Pigneto ci vai perché sei nata al Fleming, e ti fa alternativo, e ti senti veramente di sinistra. Io sono cresciuto tra Testaccio e la Garbatella. Quando erano il Bronx. Mi sono spezzato la schiena per andare via di lì. E tu adesso mi ci vuoi riportare. Non ti rendi conto, ma ci vai come si va allo zoo, a guardare quelli che ci vivono. Io nello zoo, nella gabbia, ci stavo. Tu chiedi a una scimmia, dopo che è scappata, di accompagnarti al giardino zoologico, e senti quella che ti risponde». Beatrice aveva capito, e non replicava. Certo, questa cosa delle canne lui non la sopportava. Da ragazzino, aveva visto quelli che si ammazzavano di canne sul serio, non per sport, e aveva visto come era stato un attimo perderseli. Lui le canne se l'era fatte, ma ogni volta contava il tempo che mancava a quando non se le sarebbe fatte più, perché avrebbe significato uscire con altri amici, con un altro giro. Avrebbe significato essere altrove. Finalmente altrove. Dove viveva lui, la serata a piazza Santa Maria Liberatrice, buttati sulle panchine, era tutta canne, birra e sigarette. Le prime e le terze le aveva, a poco a poco, nel tempo, scansate. La seconda no, perché una birra ogni tanto non fa male a nessuno.

Arrivò in albergo per le sette. Si cambiò in gran fretta e andò a correre per un'ora – portava sempre con sé lo stretto necessario per fare un po' di sport. Doccia, cena nel solito ristorante di fronte all'albergo, e infine a letto a spararsi tutto lo sport possibile su Sky, per poi guardare "La storia siamo noi", sulla Rai. La porta della stanza chiusa. E lui lì dentro, solo. Finalmente solo. Il messaggio a Beatrice era già partito e ritornato: Notte amore, Notte amore. Quindi la pratica era chiusa. Fuori di lì, tutto e tutti. Poteva sognare di avere accanto nel letto, in quel momento, una donna bionda, lieve, sorridente. Da amare in tutte le maniere. Pelle su pelle. Lasciando che i loro corpi si cercassero senza chiedere nulla. Poteva sognare qualunque cosa. Poteva sognare di sentire il suo corpo confuso con un altro corpo, sognare di far uscire da sé tutte le emozioni, e raccoglierle in un unico abbraccio. Dormire stretti in un abbraccio. Abbandonarsi. Sentire confusi i respiri. Diventare realmente una cosa sola.

Si emozionò al pensiero. Si risvegliò dai suoi sogni giusto il tempo di ricordarsi che il giorno dopo, alle cinque, avrebbe avuto appuntamento con il legale del marito di Fiammetta. Pensò che sarebbe stata una gran rottura. Adorava incontrarsi con gli avvocati bravi, c'era sempre qualcosa da imparare. Non sopportava, invece, l'idea di parlare con uno che non aveva niente di giuridico da dire, come la lettera che aveva inviato a Fiammetta aveva ampiamente dimostrato.

Aveva il volo all'una. Avrebbe fatto in tempo a passare da casa, cambiare vestito, fare un salto in studio, e poi andare all'appuntamento.

Grazie alla sua moto.

7

Per quelli che vengono dal Fleming, il Pigneto è una strada lunga poco più di cinquanta metri, su cui affaccia una serie di bar e localini, peraltro molto carini, dove si beve e si mangia. Punto. Se chiedi a quelli che vengono dal Fleming dove sta il Pigneto, ti rispondono che devi prendere la tangenziale e, a un certo punto, uscire, e te lo trovi lì sotto. Ma dove sta il Pigneto, dove sta proprio, non te lo sanno dire. E ci arrivano, ogni volta, con una qualche difficoltà e una qualche apprensione.

Beatrice arrivò al Pigneto alle nove. Giusto in tempo per incontrare Cristiana e Valentina che stavano parcheggiando. «Ciao ragazze!»

«Eccoti! Quanto sei bella!»

«Fumo! Ditemi che avete il fumo!»

«Abbiamo di meglio tesoro mio: erba. Erba vera! Andiamo a mangiare una cosa e a farci una birretta. Aspettiamo che arrivi Giampiero alle dieci, e mitico cannone.»

Le tre amiche sorridevano e si scambiavano battute come se avessero sedici anni. Si sedettero al primo locale che si incontra, sulla sinistra, entrando nello spazio che, per loro, poteva essere ricompreso nella definizione di "Pigneto", e ordinarono un tagliere di salumi e formaggi, e *cerveza* per tutte. «Questa è vita» disse

Beatrice, mentre spizzicava una caciottina dolce e sorseggiava birra.

«Oggi mia madre mi ha chiesto di lavorare in studio con lui. Ma vi rendete conto!? Io che lavoro con mio padre!? Con quel carattere impossibile.»

«Cri, hai quasi quarant'anni. Tuo padre, ormai, con te non sa più come fare. Ricordami un giorno, in questi quasi quarant'anni, che hai lavorato...»

Le tre amiche si misero a ridere. In effetti, Beatrice faceva la moglie e la mamma, Cristiana faceva finta di fare tutto, senza essere né moglie né mamma, ma campava grazie ai genitori, e Valentina viveva con poco. Ma aveva il merito, almeno, che quel poco se lo guadagnava. Andarono avanti tra risate e racconti. Alcuni proprio di donne. Quelli che gli uomini vorrebbero sentire ma che non sentono mai, e che alla fine ancora non si sa se quei racconti di donne esistano veramente, se siano reali, o solo frutto di immaginazione, come quei mostri marini, quelli degli abissi, che da secoli se ne parla ma che nessuno ha mai visto.

Si fecero le dieci, e si materializzò Giampiero:

«Ciao donne bellissime!»

«Giampi, Giampi!»

E fu tutto un bacetto e un "eccomi qua". Il ruolo che doveva occupare in quello spazio a Giampiero era chiaro. Uomo vissuto, stanco, che lavora sodo e, forse, che guadagna anche tanto. «Voi non sapete che giornata ho avuto oggi. Sono stanchissimo. Stamattina ho dovuto accompagnare il fratello di mio padre a parlare col direttore della banca. Lui ha in testa un grosso progetto, e vuole ottenere un finanziamento. Si tratta di realizzare un agriturismo nel casale che abbiamo a Narni. Un'iniziativa pazzesca. Non immaginate quante autorizzazioni, concessioni, licenze, il contratto per la luce, le lampadine per il terreno fuori, il citofono per il cancello. Non immaginate. E poi è una cosa importante anche per il territorio della provincia di Narni. Un agriturismo con dieci camere. Solo dieci. Molto esclusivo. E il fratello di mio padre vuole anche metterci venti cavalli. Così la gente viene e va a cavallo. A prezzi bassissimi, poi. Perché il divertimento e l'aria buona devono essere di tutti.»

Nessuno formulò la domanda di chiarimenti in merito a come avesse speso la restante parte della giornata, visto che si era detto stanchissimo, e tanta stanchezza non poteva ragionevolmente essere stata causata dal solo accompagnamento, peraltro senza aver proferito parola, dello zio in banca. Cristiana fece subito il coro: «Che ficata. È così che si fa. Vedi, è così. La società dovrebbe premiare i giovani come te che ci mettono idee e sostanze per rilanciare l'impresa italiana, anche in Umbria».

Il vuoto. Fu Valentina, quella che viveva con poco ma che quel poco se lo guadagnava, a interrompere la caduta. «E non ci siamo ancora fatti nemmeno un tiro» sospirò. «Mi pare di capire che tu, oggi, hai accompagnato tuo zio in banca. Che lui ha un'idea e intende fare un investimento a Narni – che, detto fra noi, non fa provincia – perché avete un casale e non sapete che farne, anche perché nessuno di voi ci va mai. Dieci camere e venti cavalli. Due cavalli per stanza. Immagino preassegnati. A prezzi bassi. Più che una ficata, mi pare, diciamo così, una mezza cazzata.» Tutti risero. Ma ormai la canna era rollata, e partì il giro.

«E dopo si va al Condominio a ballare.»

8

Avevano sciato tutta la mattina. Alle due si fermarono al Lago Ghedina, dove avevano un tavolo prenotato da Giorgio, che non le aveva mollate un attimo. Con loro avrebbe mangiato anche un amico di lui, che Elena non conosceva. Aveva la sensazione che Giorgio, che la tampinava come neanche un creditore arrabbiato, avrebbe ripiegato probabilmente su Gaia se lei, in maniera chiara, gli avesse fatto capire che non ce n'era. Fino a quel momento, però, si era lasciata corteggiare e coccolare.

Giorgio non era stupido. Però era sempre un po' *over*, uno di quelli che devono fare i simpatici a ogni costo. Era, anche, un po' triste. Virava sul malinconico quando meno te l'aspettavi. Sembrava che, da un momento all'altro, potesse raccontarti che la sua vita era piena di tragedie vissute una dopo l'altra. C'era da temere.

Si sedettero a un tavolo a ridosso di una finestra, in fondo alla sala. Cinque minuti ed entrò Roberto. Tutto nero. Anche gli scarponi. Materiale tecnico dalla testa ai piedi. Un bell'uomo. Decisamente un bell'uomo, che aveva passato da poco i quarant'anni. Tagliò la sala e arrivò al tavolo con passo deciso.

«Ciao ragazzi. Che giornata! E che neve... fa-ri-na... fa-ri-na. A me piace gelata, ma va bene lo stesso. Certo, poi con la neve così, tutti sciano e ti diverti meno perché c'è un mucchio di gente sulle piste che non sa nemmeno sciare. Ormai le piste sono troppo battute e sciano anche quelli che non dovrebbero proprio. Lasciamo perdere. Tu immagino che sei Elena. So tutto di te. Ma le descrizioni che fanno sul tuo conto sono riassunti di bambini dell'asilo. Così lontani dall'originale.»

«Sei arrivato e ti sei fatto subito conoscere» gli disse Giorgio, con una sottile paura di perdere posizioni.

«A me piace la farina. Odio il ghiaccio. Comunque grandissima giornata. Dopo, sdraio qui fuori e Nivea» intervenne Gaia.

Il giro del tavolo non poteva terminare senza che Elena dicesse qualcosa. Non intervenne sulla farina, ma si limitò a dire: «Ciao Roberto».

Nemmeno il tempo di pronunciare la "o" finale, che Roberto riprese subito la parola: «Stamattina ho fatto la Staunies a ripetizione. Non accadeva da anni: era aperto anche il secondo tratto e non potevo farmelo scappare. Tutta ghiacciata, uno spettacolo. Poi, verso l'una, mi sono spostato qui in Tofana. Certo, prendi la macchina, carica gli sci, scarica gli sci, ricarica gli sci. Ma per pranzare con voi, e con Elena, ne valeva la pena».

«Ti ho chiamato apposta» replicò Giorgio, avendo già compreso l'aria che tirava.

Gaia sorrise. Un po' più rilassata, adesso che aveva capito che, con l'avvento di Roberto, le si sarebbe aperto uno spiraglio con Giorgio.

«Be', così a vederti, ne valeva la pena anche per me!» Elena si passò una mano tra i capelli. L'esibizione muscolare – sciistica – di Roberto la trovava un po' stucchevole. Disse: «Qui fanno un'insalatina tiepida con lo speck e un risotto ai porcini che ci sono venuta apposta da Roma».

«Anche per me sono due piatti insuperabili» disse Roberto, attento ad aprirsi la zip della tecnicissima maglietta che gli fasciava il fisico in maniera tale da mostrare, ma non troppo, i pettorali. Roberto avrebbe detto la stessa cosa se Elena avesse ordinato cappuccino e cornetto, ne era sicura.

Arrivò al loro tavolo il titolare del locale, simpatico e competente. Ma dopo due convenevoli, e prima che provasse a dire "porto l'acqua", Roberto lo interruppe: «Per tutti, insalatina tiepida, risotto ai porcini, puccia come se piovesse, e un buon vino, direi una bottiglia di Refosco dal Peduncolo Rosso». Altro, a quel punto, non c'era da dire. Roberto aveva preso lo scettro del comando, ed Elena pensò che nemmeno Ken, la prima volta che aveva visto Barbie, aveva dato tanto spettacolo di sé. Pensò ai mille problemi che aveva lasciato a Roma, e si tuffò nella meravigliosa insalatina tiepida. Appena in tempo per sentire Roberto dire: «In ogni caso, voi che venite da Roma, dovete ricordarvi che il risotto si può mangiare solo sopra Modena, che, da lì in giù, è un'altra cosa. Ma adesso, Elena, raccontaci un po' di te».

«Così mi sembra un provino di Canale 5» rispose Elena. «"Parlaci un po' di te" lo dicono ai casting. Qui stiamo in vacanza, in un posto bellissimo. Siamo quattro persone intorno a un tavolo. Non trovi che sia bello chiacchierare di quello che ci passa per la mente, conoscendoci così, piuttosto che preoccuparci di incasellare ognuno di noi per quello che è, che lavoro fa, da dove viene?»

Roberto rimase perplesso. Era ansioso di parlare di sé, non di quello che pensava di tutto ciò che accade nel mondo. Era il suo modo di vincere nella vita: prima chi sono, che faccio, quanto guadagno. Mai quello che penso. Aveva capito che, troppo spesso, diceva cose che gli altri se lo incartavano. Giorgio, che conosceva questa attitudine di Roberto, sorrise tra sé.

«Io credo che parlare di sé acceleri la conoscenza tra

le persone. Che so: se uno mi dice dove abita, che macchina ha, che lavoro fa, io già so che tipo è. Non trovate?» disse Gaia, cercando di recuperare il terreno perduto. Elena le avrebbe rovesciato una secchiata d'acqua in testa. Ma era sua amica da sempre, e le voleva bene. Non disse nulla.

Intervenne Roberto: «La penso come te, Gaia. Se uno viene da Milano, o da Roma Nord, o da Londra, o da Parigi, io so che ho molte cose da dividere con lui».

«Non sono molto d'accordo.» Giorgio voleva bilanciare la discussione, senza ferire nessuno e, soprattutto, riportare la conversazione sopra la linea di galleggiamento, che lì si stava sprofondando. «La gente si conosce per quello che fa, certo, ma soprattutto, intorno a un tavolo, per quello che dice. Da come si rivolge al cameriere, da come si porge a chi le mangia accanto, da come sa ascoltare, e da come sa conversare di tutto.»

A Elena scappò, a quel punto, un «hai proprio ragione», e Roberto per poco non cadde all'indietro. Per fortuna arrivò la cameriera a risolvere la situazione. «Il vino è di vostro gradimento?»

Roberto si affrettò a rispondere: «Ottimo. Una buona annata».

Giorgio sorrise nuovamente, e cercò lo sguardo di Elena. Ma non lo trovò. Elena non voleva confrontarsi con nessuno. La storia con Piero l'aveva esaurita. L'aveva lasciato perché non voleva più stare con lui. Ma Piero le aveva reso impossibile anche quella decisione. Per mesi le aveva chiesto spiegazioni, aveva cercato di convincerla che no, lei non era serena, altrimenti non avrebbe mai deciso di lasciarlo, che lui l'amava così tanto e la riempieva di attenzioni.

Senza rendersi conto che lei, di quelle attenzioni, non ne poteva più. Perché non lo amava più. Adesso aveva solo voglia di divertirsi e non pensare, di mettere in folle la testa e lasciarsi vivere per tutta la vacanza. Poi, una volta di nuovo a Roma, sarebbe tornata alla vita reale.

«Oddio! Fuori nevica» disse Gaia. «Niente sdraio e Nivea.» E tutti lanciarono uno sguardo verso la finestra.

«Com'è cambiato il tempo oggi, eh?» disse Giorgio.

E il pranzo andò avanti tra una banalità e un'altra, fino alla fine.

Sprecando parole.

9

Andrea arrivò puntuale. Lo fecero accomodare in una sala d'attesa arredata certamente con gusto, ma che voleva dimostrare che si stava per essere ricevuti da uno che tu nemmeno te lo immagini. Dovunque opere d'arte. Una bellissima scultura in ceramica di Ontani, cento volte più grande di quelle che aveva nel suo studio, campeggiava maestosa. Alle pareti due meravigliosi arazzi di Boetti. Sul tavolino basso, di fronte al divano, diverse edizioni rilegate del Kamasutra. A voler dire, forse, che l'importante nella vita è altro. Chissà. Attese un buon quarto d'ora. Andrea trovava odioso aspettare e far aspettare. Lo trovava, soprattutto, cafone. Se ti do un appuntamento, ancor di più se a casa mia, non aspetti un secondo. Ma era un modo per dare la sensazione che lì c'era qualcuno di importante, che evidentemente non era Andrea, e qualcuno, che evidentemente era Andrea, che doveva ritenersi felice di entrare in contatto con un avvocato importante.

Finalmente venne ricevuto. L'avvocato lo fece entrare nella sua stanza. Il trionfo di qualunque cosa: quadri, tappeti, sculture. Un massiccio tavolo di acciaio al centro della stanza. Lui, seduto dietro. Alle sue spalle una grande finestra che affacciava su piazza di Spagna. Andrea cercò con lo sguardo, disperatamente, da qualche parte, un codice, magari anche usato, vecchio, di quelli prima della riforma. Nulla. Cercò un computer, qualcosa che facesse somigliare quella stanza, in qualche particolare, alla sua stanza. Nulla. L'avvocato gli strinse la mano, con una stretta troppo delicata. Lo fece accomodare in una poltrona troppo morbida.

«Andrea Sperelli. Che bel nome, avvocato. Ma noi ci siamo già conosciuti?» Lo guardò negli occhi.

«La ringrazio. No, non ci siamo conosciuti. Il mio nome le suona ovviamente familiare. Un caso di omonomia. Ricorderà l'Andrea Sperelli di Gabriele D'Annunzio.»

«Ah, sì! Certo. *Il piacere* di D'Annunzio. Che romanzo favoloso. Andrea, Elena, Maria. Che romanzo favoloso.» L'avvocato era basso, decisamente rotondetto. Avanti con gli anni. Cravatta di Hermès. Gemelli. Nel taschino della giacca una pochette bianca, così larga che a casa sua la nonna di Andrea ci avrebbe apparecchiato la tavola.

«Ma lei l'ha capito che la sua cliente è veramente una donna squilibrata?»

"Ci siamo" pensò Andrea. Quello aveva dato il calcio d'inizio cercando di mettere subito la palla davanti alla sua porta. Voleva che la conversazione vedesse lui all'attacco, e Andrea a difendersi. Non ci cascò. «Perché, l'ha picchiata?» Lo guardò come si guarda una mosca che cade nella minestra: fastidio e disgusto. «No, ovviamente.» Andrea non gli diede il tempo di riprendere la parola: «Qualcosa di giuridico, per favore».

L'altro si irrigidì sulla sedia. «Avvocato, cos'è questo tono brusco? La prego di distendersi.» Andrea era assolutamente disteso. Era l'altro che non lo era più. "Donna squilibrata", Andrea non lo usava neanche per raccontare di una matta incontrata a un semaforo che, parlando da sola, attraversava la strada a testa in giù. Figuriamoci se poteva accettarlo come un argomento di confronto tra due avvocati.

L'avversario cercò di cambiare passo. «Avvocato, volevo solo dire che il mio cliente è molto provato. È giunto alla decisione di separarsi perché la sua cliente gliene ha fatte di cotte e di crude. Vorrebbe, però, che tutto si risolvesse bonariamente. Che la sua cliente gli consentisse di fare il padre. Che le bambine potessero vivere tre giorni a settimana con lui. Che ognuno dei coniugi provvedesse al proprio mantenimento. Che la casa coniugale restasse al mio assistito, perché è, per lui, un vero e proprio luogo della memoria, abitandola da ben prima del matrimonio e dichiarandosi disposto ad acquistare una casa per la moglie e le figlie. E tenendo conto che quella casa, come lei sa, è di proprietà di terzi ed è abitata dal mio assistito in forza di un contratto di locazione che, con molta probabilità, verrà disdettato per la prossima scadenza. Ed essendo sempre pronto, il signor Grava, a stare con le bambine, qualora la sua cliente volesse lasciare le figlie al padre. Che sarebbe comprensibile, essendo la signora una bella e giovane donna a cui, mi pare di capire, piacciono gli uomini. A quel punto il mio assistito provvederebbe a trovare alla signora una sistemazione più consona alle esigenze di una donna sola.»

Andrea restò interdetto. L'avvocato era andato giù piatto. Aveva avanzato immediatamente la sua proposta, condendola di un po' di provocazioni. Il mio cliente è una brava persona, la tua no. Non aveva atteso neanche un minuto. Sapeva, come lo sapeva Andrea, che quella non era una proposta. Non poteva esserlo. Era un insulto, un po' velato, ma un insulto, messo lì tanto per mostrare subito i muscoli. Per dire: "Io non ho paura. Io ti scateno un inferno. E poi vinco, sappilo subito". E pensò anche che all'avvocato, con un cliente così ricco, sarebbe convenuta una bella causa, piuttosto che un buon accordo: avrebbe guadagnato di più. Quell'incontro, quindi, era inutile. Perfettamente inutile. Ma voleva stare al gioco. Pensò che, forse, a quella presa in giro mancavano ancora due tasselli che voleva tirasse fuori. Perché la storiella, per essere divertente, doveva essere completa.

«Mi scusi, avvocato» disse, fingendo di seguire con interesse il suo ragionamento, «premesso che, pur non avendo ancora visto nulla sulla situazione patrimoniale del signor Grava, sono sicuro che la casa coniugale, come afferma lei, sia di proprietà di terzi, mi sento altrettanto sicuro di poter già dire che quei terzi il suo assistito li conoscerà benissimo, perché si tratterà di una delle tante società che comunque fanno capo a lui, e che li conoscerà così bene che sono convinto che il giorno in cui ci dovesse andare a vivere con la sua nuova fidanzata se ne guarderebbero bene dal disdettare il contratto di locazione per la prossima scadenza. Detto questo, quanto sarebbe disposto, il suo assistito, a corrispondere per il mantenimento delle figlie? E dove penserebbe di prendere la casa per la moglie?»

Cascò nel tranello. Non poteva pensare che qualcuno non prendesse sul serio le castronerie che diceva. «Avvocato, la casa è di una società, che però, mi creda, non è riconducibile in alcuna maniera al mio assistito. E lasci stare fantasiose fidanzate. Qui i problemi li ha creati solo la signora Maioni, a una famiglia che poteva essere felice, con il suo disprezzo per il marito. In ogni caso, per le figlie, il mio cliente pensava a una somma di quattrocento euro per ciascuna. Per la casa, forse un appartamento in quel complesso immobiliare, molto bello, sulla Salaria, appena fuori il raccordo.»

Andrea lo guardò, come si guarda uno che vuole venderti una macchina senza motore. «Avvocato» disse, con un sorriso disincantato, «facciamo così. Io faccio finta di non aver nemmeno sentito questa proposta. Credo, sinceramente, che non riuscirei a riassumerla per intero alla mia assistita, perché mi verrebbe da ridere solo a raccontarla. Adesso mi alzo, esco dalla porta, la chiudo, busso di nuovo, e rientro in questa stanza. E iniziamo a parlare seriamente.»

«Avvocato! Lei è ancora troppo giovane. Ma si guardi intorno. È una vita che faccio questo lavoro. E lei crede sul serio che io non le abbia proposto non quello che conviene al mio assistito, ma quello che conviene veramente alla sua assistita? Il mio cliente ha innumerevoli argomenti per avere ragione. La moglie gli ha distrutto la vita. Lei crede che questo non peserebbe su una causa di separazione?»

Andrea non si scompose. «Sì, peserebbe. Se però si spiegasse al giudice, con delle prove, non con delle chiacchiere, come ha fatto la signora a distruggere la vita del marito. Altrimenti le posso dire, facendo questo lavoro da vent'anni, e non dalle otto di stamattina, che con le sue parole può fare felice il suo cliente, forse preoccupare la mia cliente, ma a me non fa né caldo né freddo. Quindi, perché non mi dice, ora, quali sarebbero questi gravi comportamenti addebitabili alla mia assistita?»

«Avvocato, la prego. Non vorrà fare la causa adesso, qui nel mio studio!»

«No. Ma vorrei confrontarmi con lei sui fatti. Non sulle valutazioni personali che lei, o il suo assistito, fate della mia cliente. Altrimenti avremmo potuto vederci qui sotto, al Caffè Greco, per fare quattro chiacchiere in allegria.»

«Purtroppo questo è il mandato che ho ricevuto. Questo. Non ho da dirle molto altro.» Bluffava, ovviamente. Voleva spaventare e farsi vedere deciso. Questo era l'unico motivo per cui aveva voluto quell'incontro.

Andrea non cadde nella trappola e chiuse: «Se così è, avvocato, non possiamo far altro che salutarci. Prima, però, volevo farle i complimenti per le bellissime cose che ha». Quello lo guardò comunque soddisfatto. Aveva ricevuto un complimento. E questa era linfa vitale per il suo ego. «La ringrazio, la ringrazio. Sa, io amo perdutamente l'arte contemporanea.» E lo guardò. Andrea ebbe la sensazione che quello fu il solo momento che l'altro gradì del loro incontro.

Uscì in strada. Piazza di Spagna era zeppa di gente. Fece un respiro a pieni polmoni. Si era già pentito di aver accettato quell'incarico, perché gli faceva ribrezzo dover mettere le mani in quella spazzatura. Ma doveva fatturare, altrimenti con i soldi sarebbe rimasto strozzato, e magari ne fossero arrivate altre dieci di quelle separazioni. Si incamminò per andare a riprendere la Vespa e tornare in studio. Voleva chiamare subito Fiammetta, riferirle dell'incontro, mandare ancora un paio di fax per altre questioni. E poi andare a pugilato. Ma erano già le sei. E aveva voglia di fare due passi in centro, di passare dal suo camiciaio in via delle Carrozze, e di un po' di pizza al taglio in via della Croce.

Quella sera non fece sport.

10

Fiammetta arrivò con la sua macchina all'ingresso del varco ZTL di piazza Borghese. Non aveva il permesso. La sua Panda 4x4 l'aveva ritirata dal concessionario appena la settimana prima, e il permesso che aveva sulla vecchia auto non l'aveva ancora trasferito sulla nuova. Ma la cosa sembrava non riguardarla. Passò il varco e parcheggiò in mezzo a largo Fontanella Borghese, così da incastrare macchine ferme, pedoni che avrebbero voluto, ma a quel punto non più potuto, passare, e motorini parcheggiati, anche quelli, alla bell'e meglio.

La sua non era mancanza di senso civico, o dell'educazione minima che dovrebbe contraddistinguere chiunque si muova, o si fermi, per una pubblica via. La sua era semplicemente una scelta tra due doveri: quello di rispettare il codice della strada e quello di arrivare puntuale, e in ordine, al lavoro. Quella mattina aveva scelto, come sempre, ciò che per lei era più importante: meglio una multa, un paio di punti in meno sulla patente, e qualche insulto da un pedone impedito ad attraversare più comodamente la strada, che arrivare tardi, e in disordine, al lavoro.

La sua paura era che trasparisse all'esterno quanto le stava accadendo. Quel matrimonio che si stava sgretolando, quel quadretto perfetto che stava venendo meno: non voleva leggere tutto questo negli occhi degli altri. Aveva il terrore che, sapendo, le trasferissero con un solo sguardo la dimensione della gravità della sua situazione. Meglio non far sapere. Meglio non dire. Meglio tenere dentro. È più facile che tutto passi. E se non fosse passato, sarebbe stato più facile, a cose fatte, affrontare il giudizio degli altri avendo frapposto, tra quella separazione e quegli occhi indagatori, mesi di distanza, a preparare uno scudo per difendersi l'anima.

Scese e si incamminò a piedi verso San Lorenzo in Lucina. Lì c'era la sua prima sosta della mattina: da Ciampini, caffè lungo e, ogni tanto, un cornetto con un po' di marmellata. Poi, come tutte le mattine, da Paride, il suo parrucchiere, in vicolo della Campana. Se non c'era tempo per altro, c'era sempre tempo almeno per una piega. Infine, a piedi fino a via del Tritone, al "Messaggero", dove lavorava.

Quella mattina entrò in redazione che ormai erano quasi le undici. Cinque anni all'ANSA, dopo l'università, e poi in quel giornale. Due anni da collaboratrice, l'esame di Stato, il contratto, e via. A correre e a salire tutti i gradini. Pochi anni ed era già caposervizio. Quelli che, al tempo, erano entrati con lei nel giornale, oggi erano ancora redattori. Lei, dal primo giorno che aveva messo piede in quella redazione, aveva sgomitato come non mai. Ma aveva sgomitato correttamente, dandosi da fare, perché era davvero brava. Correva dietro le notizie, non ne bucava una, sapeva scrivere. Se le davano un pezzo di trenta righe, lei in quelle trenta righe ci faceva stare tutto: la notizia, che di questi tempi non sempre le leggi sui giornali, il richiamo a qualcosa di già pubblicato in precedenza, l'aspettativa di quello che sarebbe potuto succedere in futuro, accendendo l'attenzione e la curiosità dei lettori. Scriveva di giudiziaria. Era partita con casi di cronaca minori. Poi, nel tempo, era diventata la più brava, ormai a ridosso della prima firma del giornale, un vecchio cronista che scriveva senza quasi più attenzione, oltre che senza più passione.

La sua era stata davvero una scalata, continua. E senza che la gravidanza, prima, e la nascita delle bambine, poi, avessero rappresentato un freno. Era andata sempre avanti. Aveva già visto passare due direttori, e tutti e due erano stati così entusiasti di lei da proporle di seguirli. Ma lei la sua strada l'aveva individuata: voleva crescere lì dentro e poi uscire solo quando qualcuno le avesse offerto una direzione. E per nient'altro.

La riunione organizzativa si teneva, come ogni mattina, nella sala riunioni comunicante con la stanza del direttore. Sarebbe durata poco meno di un'ora. Si sarebbe parlato del giornale del giorno prima, poi dello scheletro del giornale del giorno dopo. Vi avrebbero partecipato il direttore, i due vicedirettori, i capiredattori e tutti i capi dei servizi redazionali, dalla politica, agli esteri, allo sport, agli spettacoli, alla cronaca. E il capo della cronaca, da qualche tempo, era lei.

Aveva iniziato a partecipare a quelle riunioni arrivando sempre qualche minuto prima degli altri. Quando i colleghi, insieme o uno a uno, entravano nella stanza, la trovavano già lì, seduta, con davanti il suo portatile acceso. Stava già sul pezzo, in tutti i sensi. Poi, poco a poco, dopo che la sua voce era diventata sempre più ascoltata, aveva iniziato ad arrivare più tardi. Concedendosi il lusso di farsi aspettare qualche minuto, e riempiendo quella stanza, oltre che delle sue capacità, anche della sua bellezza.

«Mi sembra che le vendite stiano aumentando e si stiano stabilizzando. Così va bene. Non abbassiamo l'attenzione. Iniziamo a dare più specificità ai richiami e ai titoli in prima pagina. Da quando Fiammetta è partita con l'inchiesta sugli appalti, e da quando la prima pagina richiama subito su quell'inchiesta, il giornale vende di più. Vorrei che non dessimo troppi richiami. Concentriamoci su due, massimo tre notizie. Basta con il cercare di prendere tutti. Per quello vanno bene le prime delle pagine locali.» Il direttore era uno deciso. Il bicchiere doveva essere sempre mezzo vuoto. Si parla delle spine, non dei petali. Ma quella mattina parlare delle spine sarebbe stato troppo per chiunque. Era un vivaio di petali. Il giornale del giorno prima aveva venduto quanto mai in precedenza. E quella mattina le altre testate avevano ripreso la loro inchiesta, quella che Fiammetta aveva annusato e poi seguito ora per ora. Il suo giornale aveva dato la notizia. E gli altri erano stati costretti a inseguire.

Fiammetta si ravviò i capelli. Ascoltò il silenzio che seguì alle parole del direttore. Era un silenzio che parlava di lei, del suo successo. Meritato, non c'era dubbio, ma per il quale aveva lasciato per strada morti e feriti. E lo sapeva bene. Scriveva con sapienza, attenta a non dire nulla che non fosse vero, ma lasciando che il lettore arrivasse alle conclusioni più nere per i soggetti coinvolti. Con una tecnica facile facile: quella del verosimile. Scriveva di un fatto vero e lo inseriva in un contesto possibile. Non tirava le conclusioni, lasciando che il sillogismo lo facesse chi leggeva. Gli altri, in quella stanza, ancora non sapevano che il pezzo del giorno dopo sarebbe stato, in questo senso, un'opera d'arte. Avevano arrestato un dirigente ministeriale che dava appalti e consulenze per poi vedersi ritornare soldi. Il problema era che, tra quegli appalti e quelle consulenze, ve ne erano anche di assolutamente regolari e legittimi, dati ad aziende e professionisti seri e onesti. Ma lei non se n'era curata. Si era fatta dare da qualcuno l'elenco di tutti i soggetti che si erano aggiudicati gli uni e le altre, e poi aveva scritto un bell'articolo, corredato da uno specchietto, dal titolo: *Tutte le aziende e i consulenti che hanno avuto incarichi dal di-*

rigente corrotto. Nell'articolo e nello specchietto riepilogativo, non una parola in più: solo nome e cognome, società e importo della consulenza o dell'appalto. Non tutti erano corruttori, ovvio. Ma tutti erano entrati in rapporto con il corrotto. Lei questo diceva. Che poi, per l'impostazione grafica dell'articolo e della pagina in cui era inserito, con foto, schemini, richiami, chiunque leggesse fosse portato a ritenere che tutti i nomi di quella pagina fossero o corrotti o corruttori, a lei poco importava. Aveva rovinato la reputazione, sapendo di rovinarla, di persone che non meritavano quel trattamento, la cui colpa era quella di trovarsi lì quando lei aveva tirato su la rete. E quelli che stavano dentro la rete, che avevano avuto solo la responsabilità di trovarsi nel tratto di mare al momento sbagliato, lei li prendeva e li vendeva al mercato. Non guardava in faccia nessuno. Al primo posto, al solito, il dovere di dare la notizia. Quel di più che c'era oltre la notizia sembrava non riguardarla. Si fanno domande scomode, diceva sempre a se stessa, e si pubblica il vero. Se poi qualcuno vuole leggere "oltre", è un problema del lettore, non del giornalista.

«Non dobbiamo mollare di un metro» rincarò Fiammetta, ma più per paura che l'attenzione si spostasse da qualche altra parte che per effettiva necessità di dire qualcosa.

«Brava. Andiamo sempre più a fondo con quest'inchiesta. A Roma, ieri, abbiamo dato i punti a tutti. Dobbiamo stabilizzarci, darci un'identità marcata.» Il direttore non voleva fare complimenti, ma fornire un'indicazione precisa per cavalcare il momento.

«La stiamo avendo» disse uno dei vicedirettori, «ci stanno riconoscendo e identificando come un giornale non fazioso, ma attento a scavare. Dalla parte dei cittadini. Domani dobbiamo fare vedere che non stiamo con le procure, e che i corrotti non hanno un solo colore. Fiammetta, sei stata brava. Non perdiamo questo bilanciamento.»

«Non ci penso proprio. Per domani ho preparato un pezzo che tocca tutti. Ci farà guadagnare ancora di più in credibilità.» Lo disse non rivolgendosi al direttore, come quasi sempre faceva da quando era stata ammessa in quella sala, ma girando il suo sguardo verso tutti. A dire che lei, ormai, era una firma, che dettava i tempi del giornale, e che gli altri, tutti, la seguissero. Quella bella ragazza sempre un po' silenziosa delle prime riunioni, era diventata quella bella ragazza che aveva dato uno stile al giornale, che gli aveva trovato, finalmente, una collocazione definitiva.

Finì la frase, e senza aspettare risposte si mise a guardare lo schermo del computer, dove su Google aveva digitato, quasi distrattamente, il suo nome. A vedere se si parlava di lei, e non solo dei suoi articoli.

La riunione proseguì su altri punti, ma meno interessanti e, soprattutto, insignificanti per lei. Il direttore disse che bastava così. Mentre gli altri uscivano, si rivolse a Fiammetta: «A metà pomeriggio mi dai l'andamento della giornata. Poi ci vediamo per la stesura della prima pagina. Mi raccomando, sveglia fino alla ribattuta. Vediamo se arrivano notizie da mettere al volo».

«Certo» rispose Fiammetta, senza aggiungere altro. E si allontanò con quel bel sorriso. Con quegli occhi accesi. Con quel suo profumo.

A contare i pesci che l'indomani avrebbe messo sul mercato.

Senza mai pensare, impedendo a se stessa di pensare ad altro, per paura di essere scoperta, per paura di soffrire.

11

Quando aprì gli occhi, la mattina, Elena si guardò intorno. Stava ancora nel letto, al caldo. Aveva dormito bene. Fece un sospiro di sollievo quando sul cuscino, accanto al suo, lesse il biglietto che Roberto le aveva lasciato per dirle che erano le sei e mezzo e lui andava con i suoi amici, quelli che sciano bene, a fare i Cinque Passi. La notte era andata. Aveva fatto l'amore con Ken. Aveva lasciato che lui le chiedesse qualunque cosa. Il suo corpo, lì. Lei, da un'altra parte. Roberto era stato così come prometteva. Molto atletico. Molto preoccupato di assumere posizioni che ne mettessero in risalto tricipiti e pettorali. Molto preoccupato di arrivare alla fine, solo dopo che Elena fosse arrivata alla fine. Nove ore di sonno, e poco più di un'ora di sesso, contando tutto. Se fosse stata innamorata di un uomo, si sarebbe svegliata tante volte durante la notte. L'avrebbe voluto addosso sempre. Con Roberto, a risultato ottenuto, aveva, più o meno involontariamente, messo un cuscino nel mezzo, rimarcando il confine della sua parte di letto, e si era lasciata sprofondare nel sonno.

Prese il telefonino e chiamò Gaia.

«Eccomi. Come stai?»

«Io bene. Dopo cena, dieci minuti di chiacchiere con

Giorgio e poi sono andata a dormire. Ma sono io che devo chiederlo a te come stai.»

Elena rise di gusto. «Una delle serate più divertenti della mia vita.»

«Dimmi tutto!» la incalzò l'amica.

«Il dettaglio te lo risparmio, ovviamente. Molto preoccupati di essere belli. Una filiera di ovvietà che mi vergogno anche a riassumerle. Ma la cosa più divertente è che, in un momento topico, gli ho detto: "Come è grosso!" e lui mi ha risposto: "Lo so, è che ho fatto braccia in palestra tutto il giorno". Cioè, m'ha confuso il pisello col bicipite!»

«Non ci credo!»

«No, credici!»

«Un genio. Prova con le tabelline la prossima volta, ma con quelle facili, e vedi se riesce a risponderti!»

Risero come matte. Non riuscivano più a trattenersi. Gaia provò a riassumere la realtà. «Dài. Sei stata con uno fichissimo, anche se fa un po' di confusione sulla struttura anatomica dell'essere umano. Sbava per te. C'è la fila di quelle che vorrebbero stare al posto tuo. Dimmi che sei felice.»

«No, felice proprio no, non scherziamo. Tu vuoi dirmi che posso essere felice perché sono stata una notte con uno che vive per macchine, puccia e neve gelata, e non ha capito da che parte stanno i bicipiti? Dài! Vediamoci all'una all'Embassy. Oggi non mi va di sciare. Me ne vado a fare una bella corsa sulla pista di fondo fino a Fiames, sperando che non mi becchino, poi ci vediamo e ce ne restiamo in centro.»

«Però uno spaghetto al Posta me lo fai fare dopo, vero?»

«Certo!» le rispose Elena, ridendo del perenne appetito dell'amica. E riattaccò.

Aveva addosso, però, un senso di fastidio. Era uscita lei dal suo matrimonio. Lei aveva lasciato Piero.

Lei, oggi, stava in uno dei letti più ambiti della valle. Ma che andava cercando? La verità era che cercava di mettersi d'accordo con la propria vita. C'è chi la vita la lascia decidere agli altri. Chi accusa il caso. Chi si accontenta. Chi, invece, cerca tutti i giorni di farci i conti. E quando fai i conti con la tua vita, puoi sperare, ma è solo una speranza, che una scelta che hai fatto a vent'anni corrisponda a quello che sceglieresti quando nei hai quindici o trenta di più. Nella vita si cambia. E cambieresti magari un po' di cose, o tante cose. Difficilmente *tutte* le cose. Lei, nell'amore, nella famiglia, ci credeva. È che aveva sbagliato uomo. Preso atto della realtà, non era rimasta a leccarsi le ferite a lungo. Niente e nessuno l'avrebbe tenuta dentro un matrimonio sbagliato. O dentro un rapporto finito. Troppo innamorata della vita. Troppo innamorata anche solo dell'idea dell'amore.

La casa di Roberto era su via Menardi, appena dopo la pista ciclabile. Aveva una vetrata enorme che dalla stanza da letto consentiva di vedere, in un colpo solo, le Tofane e il campanile al centro di Cortina. Roberto aveva lasciato le tende aperte, così da colpire Elena col panorama che si godeva dalla sua casa. Elena se la prese comoda. Continuava a girarsi e rigirarsi nel letto. Guardava il panorama, pensava a quella casa. Non aveva capito esattamente chi e quanti l'abitassero.

Non ebbe il tempo di fare altri pensieri che sentì bussare alla porta. Una domestica, di colore, con grembiulino e crestina, vestita come nemmeno un barboncino, le portava un vassoio con sopra ogni ben di dio. Lasciò che posizionasse il vassoio sul letto. Stava per ringraziarla, quando le venne la curiosità di fare un po' di conversazione.

«Si trova bene qui in montagna?»

«Benissimo, questo posto è unico, mi piace molto, e consideri che ci vivo praticamente tutto l'anno.»

Elena rimase colpita dalla pronuncia priva di accento e dalle parole usate.

«Parla benissimo la nostra lingua. È da tanto che è qui?»

«Da quando ho cinque anni. I miei sono venuti in Italia da Capo Verde. Qualche anno a Milano, poi a Roma.»

Aveva la voce ferma e sicura. Elena ne rimase colpita.

«Ed è qui a servizio tutto l'anno? Anche nei mesi in cui nessuno abita la casa?»

«Sì. Mi prendo un po' di vacanze a ottobre e poi a maggio. Me ne sto un paio di mesi a Roma. Ho scelto questo impiego perché mi consente di studiare. Sono iscritta a legge. Consideri che qui, per molti mesi, la casa non la abita davvero nessuno. Mi basta poco per tenerla in ordine. Ogni volta che devo dare un esame, mi prendo un permesso di tre giorni. Vado a Roma col treno che parte la sera da Calalzo, che poi riprendo anche per tornare. Viaggio di notte, così dormo e non perdo tempo.»

Rispondeva alle domande di Elena senza smettere mai di girare per la stanza, raccogliendo quello che era in terra, e di fare ordine. Si muoveva leggera come se non volesse pesare sul pavimento. Elena si sentì un po' inadeguata. Si tirò su, poggiò la schiena alla testata imbottita del letto. Si coprì fin sopra al seno con il lenzuolo. Si rese conto che davanti a lei, in quella stanza, c'era qualcuno che aveva la forza di lottare per difendere la propria dignità. E che era pronto a sacrificarsi davvero. Contro i pregiudizi. Ed era qualcuno che si era limitato a poggiare un vassoio su un letto. Che camminava con passi lievi e senza rumore. E che sarebbe passato inosservato, sotto grembiulino e crestina, se lei non avesse fatto una domanda qualunque. L'ignoranza è mancanza di curiosità, mancanza di voglia di porsi domande, pensando che le risposte che hai in mano diano soluzione a tutto. Elena si era riconosciuta in quella voglia di imporsi alla vita. Il desiderio di vivere la propria esistenza, prendendone il bello, non sfidando gli altri, ma correndogli accanto, era il suo. Se fosse nata a Capo Verde, sarebbe stata lei, ora, col grembiulino a mettere in ordine quella stanza. E a ritagliarsi il tempo per cercare una vita migliore. Puntando su se stessa. Senza sconti. Né per sé, né per gli altri. Le fece un sorriso e le disse:

«Elena, mi chiamo Elena. Anch'io ho studiato legge.»

12

Era mattina, saranno state le nove. Andrea era in studio. Lo chiamò Massimo: «Ho un problema. Puoi farmi un'udienza in Cassazione stamattina? Ti riporti alla memoria e basta». Andrea disse di sì, ovviamente. Non gli piaceva troppo andare in udienza, perché c'era il rischio di aspettare magari per ore. Ma si sarebbe portato dietro il portatile e avrebbe lavorato nel corridoio. Del resto, il bello di fare le udienze in Cassazione è che le aule sono nei piani alti, e i corridoi inondati di luce. Fa piacere.

Erano passati pochi giorni dall'incontro con l'avvocato del marito di Fiammetta. Monica – ma come avrebbe fatto senza di lei? – aveva ordinatamente sistemato tutta la documentazione che Fiammetta gli aveva mandato, e aveva preparato un promemoria sulla situazione. Aprì il fascicolo. Provava tenerezza, e una forma di rispetto, nello sfogliare quelle carte. Erano le carte che dovevano raccontare la vita di due persone. Erano le carte che una donna aveva meticolosamente raccolto, e alle quali delegava il riconoscimento delle proprie ragioni, e la speranza di sentirsi dire da un qualche giudice che sì, il marito era un mascalzone, ma lei no, lei era una brava persona. Non sapendo che è altro il compito dei giudici, e che le sentenze quelle soddisfazioni non le danno mai, perché non servono a quello. Si rese conto, leggendoli, che quei documenti erano ben poca cosa. Il marito di Fiammetta era molto ricco, ma non aveva nulla di intestato. Tutti i suoi beni erano di proprietà di società di comodo, che risultavano appartenere a delle teste di legno. In più, risultava intestatario di un unico e solo conto bancario dove c'erano pochi spiccioli, conto dal quale, dal giorno in cui aveva deciso di separarsi, versava su quello della moglie ottocento euro al mese per il mantenimento delle due figlie. Così da non essere denunciato per aver tolto gli alimenti alla famiglia.

Fiammetta al giornale aveva, ovviamente, un buono stipendio. Ma comunque non paragonabile ai guadagni del marito. Sempre che quei guadagni fossero riusciti a provarli.

Il fascicolo conteneva qualche estratto conto, alcune fatture di mobili acquistati per la casa, fotografie di lei e delle bambine in barca, e nelle varie case in cui avevano trascorso, nel corso degli anni, le vacanze estive e invernali. La fotografia del contenuto di una cassetta di sicurezza. Un'altra foto di lei e il marito, stretti tra politici e le loro mogli, durante un ricevimento alla Terrazza Caffarelli, in Campidoglio. Un'altra foto del marito alla guida di una Ferrari Scaglietti, intestata, ovviamente, non a lui. E poi una copia di una bolletta dei consumi elettrici della loro casa. Che nemmeno una raffineria consumerebbe così tanto. Erano carte che potevano dire molto, o molto poco. Bisognava sapersele giocare con cura.

È incredibile come la gente, quando va da un avvocato, ritenga che qualunque documento non possa che darle ragione, non possa far altro che dimostrare, agli occhi del mondo, quanto sia lampante quello che sostiene. Ma quei quattro pezzi di carta che la signora Maioni aveva così diligentemente raccolto non erano niente di che. Sì, certo, era vero, sarebbe stato evidente comunque che il marito era ricco. Ma ci voleva di più per stare tranquilli in giudizio. Bisognava avere i documenti, per non doversi affidare a testimoni, che poi si emozionano, si contraddicono, non ricordano, non sono precisi. I testimoni, soprattutto in questo tipo di cause, è meglio lasciarli stare. Doveva ricordarsi di dire, anzi meglio, doveva ricordarsi di scrivere una bella mail alla signora Maioni, con l'elenco dei documenti che doveva cercare. Per parte sua, avrebbe richiesto le visure su tutte le società che comunque avevano a che fare con i beni o le attività del marito. Avrebbe, poi, richiesto ai notai copia di qualunque atto pubblico che le riguardasse, e fatto fare delle visure al PRA per vedere a chi fosse intestato tutto il parco macchine del signor Grava. La speranza era trovare, da qualche parte, un collegamento certo, indiscutibile. Se questo non ci fosse stato, allora, ma solo allora, avrebbe cercato massimo due testimoni, ma di quelli veramente affidabili, che vengono in tribunale a rispondere la verità su una circostanza secca, a inchiodare il signor Grava a tutto quel patrimonio.

Rifletteva su queste cose, quando squillò il telefono. Era Monica. «Andrea, scusa. Ha chiamato la separanda. Non riesce più a entrare in casa. Suo marito ci si è chiuso dentro con le bambine e altre due persone che non sa chi siano, e sta facendo cambiare la serratura. Lei gli sta dicendo di lasciarla entrare e di ordinare al fabbro di andarsene, ma quello pare che non ci senta. Che facciamo?»

Andrea rimase sorpreso. Gli sembrava una mossa davvero stupida. «Aspetta, chiamo subito l'avvocato del marito. Vediamo che fare.»

Cercò il numero nel fascicolo che aveva con sé. Lo compose. Rispose una segretaria affettatissima, dopo un minuto buono di *Rapsodia in blu*.

«Sono l'avvocato Sperelli. C'è l'avvocato per cortesia?»
«Un attimo, vedo se è in studio.»
Il legale avversario rispose dopo almeno trenta secondi. «Avvocato Sperelli, a che devo il piacere?»
Andrea si smarcò subito da ogni convenevole: «Spero che il suo cliente stia agendo senza averla prima consultata: sta sbattendo fuori di casa la moglie e sta facendo cambiare la serratura».
«Avvocato, e che ci possiamo fare? Lei sa come sono i clienti... spesso anche noi ne perdiamo il controllo!»
Lo stava prendendo in giro, era evidente. Aveva consigliato lui al suo cliente di fare quella mossa. Per mostrare i muscoli, per stressare i nervi alla moglie, per costringerla ad andare in tribunale solo per rientrare in casa, la sua casa. Che chissà, poi, come sarebbe finita.
«E lo so bene! Pensi che la mia ha appena chiamato i carabinieri. Vuole denunciarlo, e denunciare il fabbro e tutte le persone che sono lì. Sa, il suo cliente è una settimana che se ne è andato di casa, formalmente dando atto di vivere da un'altra parte. Ne so poco di penale, ma mi sembra che qualcosa possa comportare. Comunque la cliente vuole denunciare tutti quelli che, al momento, sono in casa. Io non so che dirle.»
«Ah, capisco. Mi dia qualche minuto e vediamo come si riesce a sistemare questa cosa. Ci sentiamo a stretto giro.»
Aveva messo una pezza, al volo, ma non sapeva che stesse succedendo. Aveva solo capito che la partita si era spostata su un terreno di quelli che, per lui, erano impraticabili. Era scesa sul piano del dispettuccio, dell'esasperazione. Era scesa sull'unico piano che molti avvocati, quelli che pensano che per fare questo lavoro sia più importante essere furbi che intelligenti, conoscono. Cercò nel fascicolo il numero di Fiammetta. La chiamò. Era agitata. La sua voce era quasi irriconoscibile. «Avvocato, non può fare questo, non può! Av-

vocato, perché fa questo? Le bambine sono dietro la porta che piangono, io sono fuori di me... mi dica che devo fare, la prego!»

Ora, che dovrebbe fare un avvocato? Avrebbe voluto dirle: "Si rivolga a un killer, che le risolve subito la situazione". Perché un avvocato, uno che fa l'avvocato, lo sa che la giustizia non ti darà mai la soddisfazione che chiedi in questi casi. Non si sta parlando di uno che deve avere mille euro. E, prima o poi, li avrà. Stiamo parlando di qualcuno che sta subendo uno sfregio, in pieno volto. E ci vuole un secondo. Ma, qualunque cosa tu faccia, non si rimarginerà mai più.

«Signora, chiami subito i carabinieri, gli dica di correre lì. Sta arrivando Monica. Io sono in udienza, ma appena ho finito la raggiungo. Racconti ai carabinieri esattamente quello che sta succedendo e, soprattutto, gli dica che suo marito da una settimana non abita più lì. Non accetti provocazioni, non dica mezza parola a suo marito. Mezza parola, ha capito? Ora stia tranquilla, che la sistemiamo.»

Chiamò Monica, le disse di correre dalla separanda e le spiegò il da farsi. Aspettò per quasi un'ora che chiamassero la sua udienza. Arrivò il suo turno, indossò la toga polverosa che aveva affittato al pian terreno. Attese, pazientemente, che il giudice relatore illustrasse la causa a tutti. Prese la parola e disse: «Presidente, mi richiamo alla memoria in atti e concludo per l'accoglimento del ricorso». Non sapeva di che cosa si trattasse. Non aveva letto una sola riga di quel procedimento. Sentì l'avvocato di controparte parlare per dieci minuti di una causa che lui non conosceva nemmeno per sbaglio. Sentì il procuratore generale dargli torto, ma tanto mica era lui che aveva torto, mica era una causa sua. A quel punto prese la porta dell'aula, scese le scale, perché in Cassazione se aspetti l'ascensore ci fai notte, e in un attimo era in Vespa. Tagliò per via Cesi, poi, volando fino a Belle Arti, prese via Aldrovandi e imboccò via dei Tre Orologi che non erano passati nemmeno dieci minuti da quando era partito da piazza Cavour. Era davanti al cancello di Fiammetta. Non c'era nessuno. Non c'erano nemmeno i carabinieri.

Suonò. Gli rispose Fiammetta. Si fece aprire il cancello e attraversò il giardino. La casa era di una bellezza unica. Un'ampia porta finestra immetteva direttamente nel salone, dove c'erano quasi tutti i vestiti di Fiammetta accatastati in un angolo. Il marito li aveva buttati lì, per farci che non si sa. Forse per darglieli. Più probabile per buttarli via. Poi, all'arrivo dei carabinieri, dopo che Fiammetta aveva fatto come Andrea le aveva detto, e dopo aver sentito il suo avvocato, il marito aveva deciso di desistere, non senza aver minacciato tutti, carabinieri compresi, che non sarebbe finita lì. E se n'era andato.

Ci sarebbe stato di che essere contenti. Ma Andrea non lo era: aveva capito che quello era semplicemente un antipasto di quello che li aspettava. E si preoccupò. Perché guardò la separanda che, intanto, si stava avvicinando vedendolo entrare, e capì che già non reggeva più. Voleva scappare. Voleva tornare a fare l'avvocato, non il furbo sbrigafaccende.

«Avvocato, eccoci qui» gli disse, con un sorriso buono, e due occhi pieni di lacrime.

«Eccoci qui, signora. È stata bravissima.» Le diede la mano. Avrebbe voluto fare un gesto in più, per consolarla, ma non avrebbe saputo quale.

«Io non so che fare. Io non capisco tutta questa cattiveria, non la capisco.»

«Signora, purtroppo queste cause sono fatte così. Pensi solo che è un periodo, speriamo breve. Ma lei non deve cadere nella trappola. Li scavalchi con una gamba sola, e guardi avanti. Quando tutto sarà finito ci riderà su, mi creda.»

Disse quello che riteneva giusto dire, non quello che realmente pensava. Avrebbe voluto dirle: "Si prepari al peggio, sono dei bastardi", ma non voleva darle ulteriori tensioni. La guardò. E capì che lei gli credeva. Capì che si stava affidando a lui. Che gli stava affidando la sua vita e lui aveva accettato di difenderla. Avrebbe voluto rinunciarci in quel momento.

13

Non riusciva a riprendere sonno. Non c'era verso. Si alzò, andò in salone. Si stese sul divano. Accese la televisione. Fuori il diluvio. Saranno state le cinque. In televisione il nulla. Non gli rimase che mettere ESPN Classic per rivedersi, con una stretta al cuore, la replica di Roma-Dundee, 1984. Semifinale di ritorno – Coppa dei Campioni. Se ne stava lì, e si rese conto che aspettava il momento in cui Agostino prendeva quella palla, faceva due passi verso il dischetto, metteva palla da una parte e portiere dall'altra. A dire a tutti, a tutti: "Tranquilli, ci penso io, vi porto io in finale, statemi accanto". Un vero capitano. Stava lì, a pensare ad Agostino, a quanto chi aveva la sua età gli volesse bene, a quanto poco, troppo poco, era ricordato. E sì che quella palla, l'anno prima, a tre giornate dalla fine del campionato, contro l'Avellino – con la Juve seconda in classifica che a stento pareggiava in casa contro l'Inter – la mise dentro lui. Fu l'unica volta, quella, in cui lo vide esultare in un abbraccio liberatorio. Ma quel personaggio cupo, serio, apparentemente sempre triste, come poteva sopravvivere nella memoria collettiva quando oggi i personaggi, per essere tali, per rimanere impressi nella memoria della gente, devono apparire vincenti, sorridenti, perennemente giovani, possibilmente ricchi, senza problemi? Guardava

Agostino, il Tappetaro, Paulo Roberto, il bomber Pruzzo, Nappi a destra, Nela in mezzo, Maldera a sinistra, dove ogni tanto arrivava Graziani a scambiarsi di posizione con Conti, e continuava a domandarsi cosa avesse dentro che lo facesse sentire così energico, con la voglia di andare incontro al mondo, come se da quella partita fossero passati pochi mesi, e non quasi trent'anni, a sognare di stare lì, accanto a loro, a scambiare la palla.

Ripensò a dov'era durante quella partita, a quanto tempo era passato. A quanta strada aveva percorso. Era in curva. Era con Mario, Luciano e Lorenzo. Erano stati compagni di classe alle medie. Mario – di due anni più grande, pluribocciato – faceva il meccanico, Luciano lavorava nell'edicola della madre, Lorenzo si drogava. A loro diceva che si drogava poco, che la controllava, ma siccome ogni volta che lo vedevano era sempre fatto c'era poco da credergli. Altro che, oggi, le canne al Pigneto. Andrea era l'unico, manco a dirlo, che si era diplomato e a quel tempo faceva l'università. Da quando erano ragazzini, quasi ogni domenica, appena si poteva – tutti e quattro giocavano a pallone, Lorenzo sempre meno, e la domenica mattina era di campionato – in casa o in trasferta, a vedere la Roma. Iniziò ad andare allo stadio con loro che aveva sedici anni, quando smise di andarci con nonno Cesare. Ricordava ancora la gente intorno a lui, quando l'arbitro fischiò la fine, che non gridava. La gente ripeteva, come un mantra, quasi per convincersi che fosse vero: "Siamo in finale di Coppa dei Campioni". Se lo ricordava bene che in quel momento, quando sentì quelle parole ripetute, singolarmente, da uno e poi dall'altro, pensò che in quella finale c'erano andati loro, che avevano fatto a cazzotti a Bergamo, ad Avellino, a Verona, a Milano, che si erano salvati con il gol del bomber all'Atalanta nel 1979. Loro. Loro erano in finale di Coppa dei Campioni. Si abbracciavano e piangevano. Dalla curva fino a piazza Maresciallo Giardino, dove avevano lasciato la macchina. Ad abbracciarsi con chiunque.

Gli venne in mente quella volta della trasferta a Torino. Era il 1981. Faceva ancora il liceo. Ai nonni aveva detto che sarebbe rimasto a dormire da Mario e che sarebbe tornato a casa direttamente il lunedì dopo la scuola. Nonno Cesare, a fronte di questa scusa, gli disse semplicemente, a bassa voce, in modo che la nonna non sentisse: «Tienila nascosta, la sciarpa, mi raccomando. Ma il vessillo, in trasferta, si porta sempre dietro». Partirono alle otto del sabato sera. Prima a mangiare una pizza da Baffetto, in via del Governo Vecchio, e poi, in quattro, sempre loro, con la cinquecento di Mario, tutti a Torino. Andavano a prendersi lo scudetto. Che viaggio, quel viaggio. Birra e canne. Dopo Firenze, gara a chi ne sapeva di più di donne. Tutte fiabe, ovviamente. Il viaggio durò un'eternità. Arrivarono a Torino il giorno dopo, alle undici. Parcheggiarono lontano dal Comunale, quello che oggi chiamano Olimpico, tentando di rendere meno leggibile la targa della macchina, perché c'era scritto "Roma". Le sciarpe, nascoste, con loro. Quanta acqua presero. Quanta ne presero, in quella curva, quando fu espulso Furino. Quanta, quando videro Turone tuffarsi di testa. Non capirono più niente. Era scudetto! Scudetto! Ma durò un attimo. Perché quel gol fu annullato. Uscirono da quello stadio a partita finita, senza forze. Impiegarono un po' a ritrovare la macchina, evitando con cura di parlare perché non volevano che il loro accento inconfondibile li facesse riconoscere dai nemici, che lì era pieno. Li aspettava un viaggio duro. Ma l'unica preoccupazione era chiamare qualcuno a Roma, che avesse visto Novantesimo minuto, e gli dicesse se quel gol fosse buono o meno.

Avevano visto il gol di Turone. Loro c'erano. Perché la Roma è una fede. E loro erano leali. Gli altri vincevano rubando. Pioveva, ma, prima della partita, avevano innaffiato il campo per farli giocare peggio. Loro no. Loro non rubavano. Era una scelta di vita. Era una scelta per tutta la vita.

Si risvegliò dai suoi pensieri. Pioveva, era notte, era dicembre. Non ci pensò su due volte. Scrisse un biglietto a Beatrice: "Sono andato a correre, amore, non preoccuparti", sapendo che lo avrebbe letto non prima delle sette, il che rendeva la sua scelta, se non condivisibile, quanto meno plausibile.

In testa gli risuonavano le parole dell'avvocato avversario: "Donna squilibrata". E davanti a sé aveva l'immagine di Fiammetta. Gli sembrava tutto così basso, così banale, così poco rispettoso del lavoro e della vita delle persone. Gli sembrava così sciatto.

Era troppo. Era troppo per uno come lui che credeva in quello che faceva. Che non era rimasto a lavorare in una macelleria perché ci credeva che se sei onesto, e ti spezzi la schiena, arrivi. Che credeva che bisognasse essere bravi, che bisognasse lavorare, che bisognasse scrivere una parola, una riga, un pensiero, solo quando fossero riferibili a una norma di legge, a una sentenza, a un passaggio documentale o dottrinario. Non aveva mai scritto una sola parola a vanvera, a casaccio. Questi scrivevano cose che non stavano né in cielo né in terra. Questi si inventavano i fatti. E non appena li sputtanavi, passavano a un altro argomento. Ma intanto avevano gettato fango addosso all'avversario, avevano fatto vedere al loro cliente che sì, vedi come gliele abbiamo cantate, avevano creato un clima di tensione non più stemperabile. Che poi il giudice non tenesse conto di tutto quel fumo, a loro poco interessava.

Scese le scale per non fare rumore con l'ascensore. Attraversò la strada e la pioggia e si infilò in macchina. Dieci minuti nemmeno ed era davanti all'ingresso del Circolo. Era già aperto, malgrado l'ora. Non c'era nessuno. Scese le scale che portavano agli spogliatoi ed entrò. Erano le sei e qualcosa. C'era già l'inserviente addetto allo spogliatoio, pronto a ritirare orologi e portafogli e a rispondere a qualunque esigenza. «Avvocato, è cascato dal letto?»

Si aspettava, ovviamente, la domanda. «No, è che oggi avrò una giornata piena, e quindi volevo approfittare per fare un po' di movimento.»

«E a quest'ora viene qui a fare movimento!? Avvocato, avvocato, a quest'ora altro movimento, e da un'altra parte...» Andrea gli sorrise. Si cambiò in fretta e si tuffò sotto la pioggia. Iniziò a correre.

Il pensiero dei suoi avversari, di come e quanto avrebbe dovuto preparare bene questa causa, non lo lasciava. Gli rimbalzava nella testa, insieme a tutte le possibili iniziative che avrebbero potuto prendere. Aveva sempre pensato che un bravo avvocato è quello che dubita delle proprie convinzioni, perché, dubitando dubitando, arriva a un punto che non dubita più, convinto della propria scelta, e non si aspetta sorprese. Perché non ci saranno. E poi il pensiero della separanda. Della signora Maioni. Di Fiammetta.

Prese piazza Euclide. Arrivò a piazza Don Minzoni, Belle Arti, e infine entrò a Villa Borghese. L'alba ancora non arrivava, e lui correva, pensando a una causa di separazione. Una causa di separazione. Aveva molte cose più importanti a cui pensare. Aveva sul tavolo questioni che, tutte insieme, gli avrebbero consentito, se gestite bene, di fatturare molto e di non essere così stressato per i soldi che non bastavano mai. E stava lì, fradicio, sotto la pioggia. Continuò a correre. Uscì su via Pinciana. Arrivò a piazza Pitagora. Di lì giù fino a piazza Euclide, per poi tornare al Circolo.

Aveva corso una quarantina di minuti. Si rese conto, solo in quel momento, che avrebbe corso ancora per quattro ore, purché il mondo lo lasciasse continuare a pensare alla causa. A Fiammetta.

14

Elena era rientrata a Roma. Passò da sua madre a riprendere il bambino, prima di andarsene a casa. Sua madre era una mano santa. Non solo perché la casa di via dei Monti Parioli, dove Elena viveva con Michele, era della madre – e questo non vuol dire poco, ma moltissimo, perché quando aveva deciso di separarsi, il marito aveva fatto le valigie e basta – ma perché si prendeva cura del bambino ogni volta che lei ne aveva necessità.

Quel figlio era come se fosse orfano di padre. Il marito di Elena, infatti, vuoi per un motivo, vuoi per un altro, vuoi perché oggi piove, o perché non trovo le chiavi della macchina, Michele non lo prendeva mai con sé. In giro, però, e il fatto era noto, raccontava che quello che più lui voleva era stare con il bambino. Se solo la moglie, la ex moglie, glielo avesse permesso. Per fortuna Elena aveva del suo per vivere: un appartamento, lasciatole dalla nonna paterna, che rendeva un buon affitto. E, quindi, anche se il marito non le dava un soldo per lei e per Michele, con quello che aveva viveva più che bene. E, più che bene, faceva vivere il bambino.

È curioso quello che scatta in testa alla gente quando si separa. Fondamentalmente ci si odia. L'altro, quello che hai lasciato, o quello che ti ha lasciato, è un'offesa che cammina. Perché rappresenta comunque il tuo fallimento. Perché è felice e tu no. Perché pensa che tu sia felice e lui no. Perché incarna la prova vivente che sei stato abbandonato. Che ti è stato preferito altro, fosse solo fare viaggi o stare in silenzio. Vallo a capire perché. La sostanza è che se l'altro, quello che prima era tua moglie o tuo marito, sta male, tu, anche se non lo confessi nemmeno a te stesso, sei un po' contento.

Elena questo l'aveva capito. E aveva capito che il marito, il suo ex marito, faceva e avrebbe fatto tutto quello che poteva per darle fastidio. Non metteva in dubbio che lui volesse vedere Michele, ma aveva chiaro che preferisse sempre, e dico sempre, fare quello che poteva per farla arrabbiare, darle fastidio, farla stare male. Anche a scapito di se stesso e del figlio. E l'aver capito questo, per Elena, era già molto. Anche se un po' le faceva paura.

Michele, ormai, aveva quasi dieci anni. La domanda le arrivò diretta: «Mamma, ma perché tu non mi fai mai vedere papà? Papà me l'ha detto che tu, questi giorni, sei stata in vacanza coi tuoi fidanzati e gli hai detto le bugie e mi hai lasciato da nonna e non con lui». Le salì una rabbia che avrebbe spostato un palazzo. Si sforzò, come sempre faceva, di restare calma, e di tutelare il figlio da quel padre, e il padre da quel figlio, che, prima o poi, purtroppo, avrebbe capito. «No, amore mio. Papà si deve essere sbagliato. Io gli ho detto che sarei partita per qualche giorno e che, se voleva, poteva prenderti con sé. Mi ha detto che non poteva perché era molto impegnato col lavoro. Evidentemente ha fatto confusione con i giorni. Ma adesso mamma scrive subito a papà e gli dice se vuole venirti a prendere domani, così stai con lui, magari anche più di un giorno. Ok?»

Michele era un bambino, ma non lo fregavi facilmente. «Va bene. Però qui, o tu o papà, dite delle cose che poi non succedono.»

Elena non disse nulla. Salì in casa con lui. Lo lasciò nella sua stanza a giocare. Si mise a preparare la cena.

Le piaceva cucinare. Una bella torta, alla fine della cena, era il regalo per suo figlio. Accese il Bimby. Aveva promesso, prima della torta, polpettone e purè di patate, che a lui piacevano da impazzire. Iniziò a impastare il macinato che aveva comprato appena arrivata a Roma, nella macelleria sotto casa di sua madre. Ma la testa viaggiava. Viaggiava dietro a quella del suo bambino. E avrebbe voluto mettere un freno a quella corsa. Perché, se anche fosse stato giusto, e non lo era, che suo marito la odiasse, non poteva accettare che quest'odio minasse le basi della vita di suo figlio, di loro figlio.

Prese il telefonino. Sms e e-mail erano gli unici strumenti di comunicazione che aveva col marito. Lui non voleva più sentire la sua voce. A lei, questa, sembrava una follia, ma rispettava la sua scelta. Riteneva che il marito avesse diritto di proteggersi dal dolore di sentirla, e lei non voleva negarglielo. Scrisse un messaggio:

> Se continui a raccontare bugie a Michele, e a non vederlo mai, lo distruggi. Ti prego, per lui, non per me: chiamalo adesso, poi mangia e va a letto. Digli che domattina lo passi a prendere e stai con lui tutto il giorno, anche di più, se vuoi. Ha bisogno del padre.

Passarono dieci minuti. Il bip bip del messaggio in arrivo l'agitò subito. L'aprì come si apre una raccomandata dell'Agenzia delle Entrate, anzi peggio.

> Tu devi capire che io ti odio. E che Michele lo prendo quando dico io, non quando me lo dici te, o il tribunale. Gli ho detto che questi giorni lo hai abbandonato, perché è la verità, preferendo stare con i tuoi fidanzati, invece che con lui. E che mi hai impedito di vederlo. Pagherai per tutto questo.

Era un imbuto senza fine. Ci stava dentro. Ma non c'era verso di risalire. Lei parlava bene del padre al figlio. Suo marito gli raccontava, invece, che la madre era il peggio del peggio. Erano due anni che andava avanti questa storia. Quel figlio, in due anni, aveva passato, sì e no, complessivamente quindici giorni col padre. E, per non accettare il dolore del rifiuto, non faceva altro che mitizzare questa figura di padre totalmente assente. Tu pensa che danno. E le cose non sembravano migliorare. Ma lei era d'acciaio. E, soprattutto, certamente aveva capito, e bene, molto bene, quello che non voleva più dalla vita. Se le avessero chiesto, in quel momento, a distanza di due anni, se si fosse voluta separare di nuovo, la risposta sarebbe stata: "Sì, mille volte e mille volte ancora". Perché lei amava la vita più di ogni cosa. E non si sarebbe lasciata appassire accanto a un uomo per cui non provava più alcuna emozione. E non avrebbe speso un solo minuto a piangersi addosso. Non era da lei. La mattina ci si sveglia presto. E si va incontro al sole. Sempre, anche se piove.

15

«La signora Maioni?» La voce era ferma. Fiammetta sapeva riconoscere da una sola parola chi stava dall'altra parte del telefono: se uno arrabbiato, se uno ossequioso, se uno incantato. Quel tono non prometteva nulla di buono.

«Sono io» rispose, cercando di mettere distanza tra lei e il suo interlocutore.

«Buongiorno signora, sono l'ingegner Marcello Gilardoni. La chiamo perché lei mi ha rovinato la reputazione con il suo articolo. Sarebbe bastata una telefonata. Le avrei spiegato tutto. Le avrei dimostrato, con due pezzi di carta, che io sono stato vittima di quei signori, che non solo non mi hanno mai fatto lavorare, dopo avermi dato una consulenza, ma che, soprattutto, non mi hanno mai dato un solo centesimo.»

Fiammetta quel tipo di telefonata se l'aspettava. Lo sapeva perfettamente che in mezzo al calderone che aveva sbattuto sul giornale c'erano alcuni che non c'entravano nulla. E lo sapeva per la semplice ragione che su questi, al di là della circostanza che avessero avuto contatti formali con la pubblica amministrazione, non aveva trovato nulla. Non trasferimenti di denaro, non amicizie particolari. Nulla. Ma lei si era premurata di non scrivere una riga di più di quello che sapeva di poter scrivere. Al primo posto il dovere di dire la verità.

Poi, quello che c'era oltre, a lei non doveva interessare. «Dove ha preso il mio numero?» Giocava d'attacco. Voleva mettere in difficoltà il suo interlocutore. Come a dire, lei sta violando la mia privacy.

«Il suo numero l'ho avuto da un suo collega. È una settimana che la cerco al giornale, ma senza trovarla. E qui il problema non è come io abbia trovato il suo numero, ma perché lei mi abbia sbattuto sul giornale per una vicenda in cui non c'entro nulla.»

Fiammetta aveva imparato a memoria la lezione. Sapeva bene cosa e come rispondere. Mai indietreggiare. Difendere l'articolo. Sempre. «Guardi, io ho scritto semplicemente quello che risulta dai documenti. Lei non ha avuto una consulenza da quel dirigente? Non è vero che lei, a fronte di quella consulenza, non ha fatto nulla?»

«Certo che è vero. Ma è vero pure che non ho fatto nulla perché non mi hanno inviato un solo documento o una sola indicazione che mi consentisse di svolgere il lavoro che mi era stato richiesto. E, soprattutto, del compenso che avrebbero dovuto darmi non mi è stato dato, glielo ripeto, nemmeno un centesimo. E tutto questo, nel suo articolo, non c'è scritto. Perché non c'è scritto? Perché non mi ha chiamato prima? Perché mi ha fatto passare come un collettore di mazzette? Perché? Me lo spiega perché?» Il tono era deciso, ma la voce faceva trasparire un dolore. Il dolore di uno che aveva, tutta la vita, lavorato onestamente. E che adesso stava vivendo un incubo.

«Lei mi sta dando colpe che non ho. Io ho semplicemente scritto quello che risulta dai documenti. Il resto sono sue libere interpretazioni, o di chi legge. Ma io non ho scritto, e la invito a rileggere l'articolo, quello di cui lei mi accusa.»

«Brava. Bene così. Lei pubblica un articolo dal titolo *Tutti i consulenti del corrotto*, con dentro il mio nome e l'importo che avrei dovuto avere per quella consulenza, e lei cosa pensa che arrivi a chi legge l'articolo, eh, cosa pensa che arrivi?» Il tono era sempre più esasperato. Il dispiacere dell'ingegner Gilardoni si poteva toccare. Ma Fiammetta doveva mantenere il punto. Doveva difendere la sua inchiesta. Appuntarsi qualche querela come fossero medaglie sul petto non avrebbe fatto che bene alla sua immagine. La prova che al primo posto lei metteva la giornalista, non Fiammetta.

«Guardi, lei ha tutti gli strumenti per difendersi e far valere le sue ragioni. Sa meglio di me che esistono le querele» disse, come per affondare il colpo decisivo. Ma l'altro lo schivò.

«Lo so bene. Se le ho telefonato non è per preannunciarle querele. Ma per dirle che sto male per il suo articolo. È ovvio che andrò da un avvocato. Ma una sentenza che vi condannerà, tra quattro o cinque anni, non mi restituirà la dignità né mi farà dimenticare il dolore di questi giorni. Vi ho scritto una rettifica, il giorno stesso che è uscito l'articolo. Me l'avete pubblicata a pagina trenta, sotto i necrologi. Non l'avrebbe letta nemmeno mia madre. Mentre quell'articolo era a tutta pagina, e se ne parlava dalla prima. L'ho chiamata solo per dirle che lei ha distrutto la mia carriera. E che quello che fa lei non si chiama giornalismo. Un giornalista serio mi avrebbe telefonato e chiesto di spiegare il perché di quella consulenza. E gliel'avrei spiegato, fornendole tutti i chiarimenti. I mostri si sbattono in prima pagina. Ma quelli veri, non quelli inventati. Non ho altro da dirle. Arrivederci.» L'ingegner Gilardoni chiuse la comunicazione, lasciando Fiammetta solo con il silenzio. L'aveva fatta grossa. Ma aveva ragione Gilardoni. Tra quattro o cinque anni, quand'anche avesse vinto la causa, si sarebbe trovato con un risarcimento dei danni di qualche decina di migliaia di euro, che al giornale, e a lui, spostavano davvero niente, e, soprattutto, con una sentenza in cui si diceva che la giornalista Fiammetta Maioni l'aveva diffamato, che nessuno avrebbe letto.

Che si mettesse in fila, l'ingegner Gilardoni. Ma dietro. Che la strada, la sua strada, davanti doveva essere sgombra. E c'era da andare veloce.

Fiammetta si appoggiò con i gomiti sul tavolo e restò a fissare il computer. Per un attimo non vide più la pagina aperta che aveva davanti, ma solo il suo volto riflesso nello schermo. Cercò i suoi occhi, per guardarsi dentro. Ma non li vide. Pensò a quello che le stava accadendo. Alla sua vita. Al suo lavoro. Pensò che forse stava accelerando troppo. Bruciando tutto troppo in fretta. Che la fila dei nemici, a casa, in redazione, fuori da lì, si stava allungando, e pericolosamente. Forse era il momento di concedere qualcosa agli altri, perché gli altri le concedessero di continuare a fare la sua vita.

La terra iniziava a mancarle sotto i piedi. L'ingegner Gilardoni era stato più forte di lei. Non aveva tremato. Non aveva supplicato. Si sarebbe spezzato ma non piegato. Lei cosa avrebbe fatto al suo posto? Come avrebbe reagito? Cosa ne sarebbe stato di lei se avesse, all'improvviso, corso il rischio di perdere l'identità professionale? E ora che stava per perdere l'identità sociale, per perdere quella famiglia che aveva costruito con un marito che sì, era quello che era, ma era pur sempre suo marito? Da qualche parte forse si doveva allentare la presa. Ma non per bontà verso gli altri. Per non perdere quello che aveva, a fatica, costruito. Doveva veramente cambiare qualcosa, nella sua vita, affinché nulla cambiasse. Ma forse era troppo presto per pensare a tutto questo. Adesso bisognava solo pensare a difendersi dagli attacchi del marito, a uscire dal tunnel di una causa che andava chiusa, e al meglio, quanto prima. Senza troppo clamore. E Fiammetta sentiva che, per ottenere questo, l'avvocato Sperelli era la persona giusta.

16

Andrea se ne rimase un po' al Circolo a leggere i giornali. Si erano ormai fatte quasi le nove, ed era ora di andare in studio. Aveva smesso di piovere. Sembrava quasi che quell'acquazzone fosse stato una specie di temporale estivo. Il cielo adesso era sereno. L'aria, tutto sommato, non così fredda. Un bel sole, ancora pallido, iniziava a farsi largo. Prima di uscire dal Circolo, buttò uno sguardo oltre l'argine, a guardare il fiume. Il Tevere scorreva veloce, imponente. Sembrava avesse fretta di attraversare Roma e arrivare al mare. Lo trovò bellissimo.

Arrivò sotto lo studio giusto in tempo per vedere Simona che stava per entrare.

«Buongiorno avvocato.»

«Buongiorno Simona. Salgo subito. Faccio un salto in banca e arrivo.»

In realtà non doveva andare da nessuna parte. Voleva solo fare due passi per Prati. Ma non gli andava di dire la verità. Un po' si sentiva in colpa. Si voleva regalare una seconda colazione, dopo quella fatta al Circolo, e si spinse da Faggiani, in via Ferrari. Lì i cornetti sono unici. Non sono dolci, virano un po' sull'amarognolo e, sotto i denti, li senti. Ma sono di una bontà. Se la battono con quelli di Antonini. Che sono, invece, dolcissimi e così morbidi che non avresti necessità di masticarli. Entrò nel bar.

«Buongiorno avvocato.»

«Buongiorno giudice. Anche lei qui.»

Il giudice Salieto era una signora matura. Era della prima sezione del tribunale civile, quella che si occupa, tra l'altro, di separazioni e divorzi. Con Andrea avevano partecipato, qualche mese prima, come relatori, a un incontro di formazione per giovani avvocati organizzato dal Consiglio dell'Ordine. Andrea aveva dovuto parlare – per un'ora e dieci minuti, ancora se lo ricordava – dei nuovi settori di sviluppo della professione forense a duecento giovani avvocati che lo guardavano.

Il giudice era una donna sempre ben vestita, che sorrideva anche in udienza. E questo, agli occhi di Andrea, non sapeva perché, era un sintomo di competenza, oltre che di simpatia.

«Stamattina ho un'udienza pienissima. Ho perso il conto delle cause che oggi ho sul ruolo. Sembra che abbiamo fretta di dividere più famiglie possibile prima di Natale!»

Andrea sorrise: «Così, per voi, è durissima. Credo che sia la materia peggiore. Dovete stare lì, ascoltare gli sfoghi delle persone, e poi decidere. E se ci si mettono pure gli avvocati...».

«Ha ragione. E lei pensi che, nella stragrande maggioranza dei casi, si tratta di due persone normalissime, che non si capisce perché si vogliano separare, che si accusano, invece, di cose spesso immaginate di una gravità che ci vorrebbe l'ergastolo.»

«Avete un compito difficile. E penso che noi avvocati vi aiutiamo poco. Dovremmo recuperare, noi per primi, il ruolo che ci spetta e non lasciarci trascinare dai clienti in quel delirio, ma mettere dei paletti, e restare sul giuridico.»

«È vero. Ma anche noi, in questa situazione, siamo

in difficoltà. Finisce che facciamo da pacieri, più che altro. Abbiamo i ruoli stracarichi di cause, poco tempo per trattarle, e la necessità di andare subito al sodo, senza avere la possibilità di leggere le carte con la dovuta attenzione. Chi si separa ha bisogno di regole immediate, soprattutto quando ci sono figli, per cercare di non litigare più o, se possibile, meno. Ma me lo dice lei come si fa a decidere della vita delle persone con l'aula piena di gente, con quella pila di fascicoli da trattare in una mattinata, senza il tempo di capire, bene, come stanno le cose? Bisognerebbe discutere una sola causa a udienza, questa è la verità. Ma qui andiamo troppo lontano... buona giornata avvocato.»

«Buona giornata a lei.»

Andrea si prese il suo cappuccino e il suo cornetto. Si rese conto che stava diventando monotematico. Per un verso o per l'altro, finiva sempre a parlare di separazioni. Le odiava, lui, le separazioni. Eppure ci tornava sempre sopra. Doveva andare in studio, aveva da lavorare. Uscì dal bar e attraversò la strada. Passò per il mercato. Quella conversazione, l'insonnia di quella notte e la corsa della mattina gli avevano messo una strana agitazione. Si fermò davanti al banco del pane. Ne comprò tanto, di ogni tipo. Mandò un messaggio a Beatrice:

Amore, ho comprato io il pane. Lo lascio a casa. Cerca di essere lì con i bambini a pranzo, così stiamo tutti insieme.

Si sentì subito meglio.

17

«Sono pronta, quando vuoi andiamo.» Erano invitati a cena da amici. Meravigliosa casa in centro. Un attico dalle parti di piazza Navona. Beatrice, al solito, aveva impiegato un nulla per prepararsi. Era bella da mozzare il fiato, nella sua totale semplicità. I capelli neri, appena raccolti, le scendevano a ciocche sulle spalle.

«Speriamo ci si diverta. Speriamo che non si parli solo di vacanze, barche e soldi.»

Andrea la rassicurò: «Stasera tengo un po' alto il livello della conversazione, te lo prometto. Vedo se si riesce a parlare di qualcosa di meglio». Si pentì subito di quello che aveva detto, perché già sapeva che sarebbe stato impossibile. E perché lui, per primo, non ne aveva alcuna voglia. Meglio Porto Cervo, quindi, o il vento all'Isola Piana. La si sfangava con poco e si continuava a mangiare in tutta serenità, mantenendo inalterati gli equilibri. Così fece, ovviamente.

«Ti piace questa tonalità di rosso che ho fatto dare alle pareti?»

Conosceva la padrona di casa da vent'anni. Da vent'anni lei sapeva che Andrea era un bel po' daltonico. Ma il suo approccio, con chiunque, era parlare di una cosa partendo dal colore. Aveva capito, evidentemente, che era un modo per dare la sensazione di essere intelligenti, profondi, attenti alla luce delle cose, non alla loro staticità. Il problema era che tutto questo non corrispondeva, poi, alla persona. La quale era quanto di più statico, banale, superficiale si potesse immaginare. Andrea preparò uno sguardo attento, che desse l'idea che era pronto a notare anche la minima sfumatura cromatica e, conseguentemente, a comprenderne la rilevante importanza.

«Non ho mai visto un rosso così. Davvero particolare. Riempie lo spazio da solo.» Sì, disse proprio così: "Riempie lo spazio da solo". Non aveva idea di cosa volesse dire con quella frase. Meglio il divano, meglio un piatto e quattro chiacchiere sul nulla. Ma subito, per favore, prima che la padrona di casa passasse a buttare qui e là qualche parola in inglese, perché noi si è viaggiato e si parlano le lingue, e si conosce il mondo.

La cena filò via tranquilla. Ottimi gli aperitivi. Buoni i primi. Impareggiabili i secondi e i contorni. Si sobbarcò le battute delle mogli degli amici su quanto fosse bella Beatrice, che doveva starci attento che una così chissà quando mai l'avrebbe ritrovata. E, in cuor suo, pensava al traffico di tradimenti che ingolfava quella stanza. Andrea si trascinò per il resto della cena parlando di tutto e di niente, aspettando che arrivasse mezzanotte per tornare a casa. Il culmine della conversazione arrivò quando, superata la fase di quanto fossero divertenti i programmi che portano in televisione il gossip, si dissertò su quale fosse il gelato migliore, se quello di via Eleonora Duse, di via dei Gracchi, di via Flaminia.

Mezzanotte finalmente arrivò. Finalmente se ne andarono. Non prima di aver fatto mille complimenti alla padrona di casa. Oddio quel rosso. Ne avrebbe parlato domani in studio. Salirono in Vespa. «È un lavoro» gli disse Beatrice.

«È un lavoro» le rispose. Poi, pensò che forse Roma poteva essere anche altro.

Da qualche parte, doveva esserci per forza altro.

18

Ho bisogno di vederti. Per favore.

Elena lesse il messaggio di Piero. Mancavano pochi giorni a Natale. Quella mattina stava da Vertecchi a comprare le ultime cose per allestire, a casa, la città di Babbo Natale. Suo figlio e lei andavano pazzi per quel presepe moderno. Che faceva tanto calore di casa, e allegria, e festa. Lei sceglieva i pezzi uno a uno, ogni anno aggiungendo qualcosa di nuovo. Quell'anno, la pista con i pattinatori l'aveva incantata. L'anno prima era stata la volta del trampolino con gli sciatori che, in serie, saltavano verso una pista, fatta da lei con l'ovatta, su cui aveva collocato altri personaggi sorridenti. La città di Babbo Natale stava a ridosso della finestra angolare che dava sul grande terrazzo affacciato su Roma. Era incredibile come, alle spalle di quella città in miniatura, troneggiasse la cupola di San Pietro, quella vera. E l'effetto che ne derivava era da lasciare senza fiato.

Andò alla cassa. Pagò e uscì. Si fermò, appoggiata a una macchina. Pensò un attimo. Poi decise che sì, era giusto vederlo. Del resto aveva diviso con Piero due anni importanti della sua vita. Lui l'aveva accompagnata durante la separazione, e nei giorni difficili che a quella separazione erano seguiti. Prese il telefono e gli scrisse:

Vediamoci alle undici al Cigno, ok?

Passò un nulla:

Ok.

Arrivò all'appuntamento con il suo solito sorriso. Piero, da un mese a questa parte, da quando l'aveva lasciato, aveva sbandato come mai avrebbe potuto immaginare. Era andato da chiunque a parlare male di lei. A raccontare fatti privati e bugie. A sparare a zero. Per poi chiudere sempre dicendo che però sì, lui l'avrebbe perdonata e ripresa.

Piero era già lì, seduto nella veranda, chiuso dentro un giaccone di quelli fatti apposta non per vestirtici, ma per chiudertici dentro. Elena si avvicinò al suo tavolino. Lui si alzò. Era un uomo interessante. Moro. I lineamenti regolari. Il sorriso vero. Soffriva dovunque. E si vedeva. Elena fece per baciarlo sulla guancia in segno di saluto. Lui si ritrasse e le tese la mano. Lei la strinse con un certo imbarazzo. Si sedettero. Si guardavano. Non usciva parola. Elena avrebbe voluto parlare. Ma sapeva che Piero era lì solo per ascoltare una frase che finisse con un "torniamo insieme". E allora parlare, in quella situazione, era inutile.

«Come stai?» le chiese Piero. «Non me lo dire. Immagino bene. Ti vedo. Tu non sai come sto io. Io sto male, male. Perché ti amo. Hai capito? Ti amo. E ti amo malgrado tutto quello che mi hai fatto. Io ti ho dato tutto. Tutto. Ti ho amata come nessuno. Non ti ho mai fatto mancare niente. Niente. Tu avevi bisogno? Io c'ero. Tu sentivi di aver bisogno di qualcosa ma non capivi di cosa? C'ero io, lì, a farti capire di cosa, e a darti tutto quello che ti serviva. Io. E nessun altro. E tu? E tu che fai? Mi lasci? E perché? Per andartene in montagna con la tua amica? A trombarti il primo che passa? Bella storia. Brava. Complimenti. Che bell'immagine che dai di te. Sei come tutte le altre. Tu non meriti uno come me. Tu non mi meriti. Te lo dico io. Anzi lo dicono tutti, se proprio vuoi saperlo.»

Lo sfogo venne interrotto dal cameriere: «I signori prendono?».

«Un cazzo» rispose Piero, provocatorio e deciso.

Il cameriere lo guardò come si guarda uno che va a morire. Ma non si scompose. «Immagino per la signora» rispose. «E per lei?»

Intervenne Elena: «Ci scusi. Per me una cioccolata senza panna. Per il signore un analcolico».

Il cameriere prese l'ordinazione e si girò senza più rivolgere lo sguardo, prudentemente, verso Piero.

«Tu non hai capito nulla. E devi crescere, se ancora hai qualche margine. Puoi offendermi. Puoi fare e dire quello che vuoi. Ma non mi fai cambiare idea. Per la semplice ragione che non c'è nessuna idea da cambiare. Io non ti amo più. E non ti amo proprio perché tu sei quello che hai appena detto. Tu parli di te. Io non avrei dovuto lasciarti perché tu mi riempivi di attenzioni, perché tu c'eri sempre, perché tu e tu e tu e tu. E io, Piero? E io dove sto? Me lo dici dove sto io in questo bel quadretto? Lo domandi, a me, se avevo piacere di essere soffocata di attenzioni? Me lo chiedi? Tu pensi che io sarei dovuta restare con te perché, se ti chiedevo di chiamarmi un taxi, tu mi compravi una macchina? Per questo, eh? No, ti sbagli, e ti sbagli di molto. Io sono stata con te finché ti ho amato. Non potevo restare con te solo perché sei bravo, buono e premuroso. Per quello basta un maggiordomo. Ma io, col maggiordomo, non ci divido mica la vita! Poi la gente... se la gente mi dà della pazza perché ho lasciato il badante modello, be', è un problema suo, e tuo, non mio. Ho lasciato il padre di mio figlio per vivere i sogni, e non morire negli incubi. Scusami, ma spero di essere stata chiara.»

Elena aveva preso la decisione di separarsi dal marito. Ma questo non voleva dire, per lei, avere il coltello dalla parte del manico. Questo non voleva dire essere immune dalla sofferenza. Il percorso era stato duro, difficile. Aveva scelto di voltare pagina, ma quella pagina solo lei sapeva quant'era stata, e quant'era, pesante. Ci sono matrimoni che durano una vita, matrimoni veri, e poi ci sono quelli che durano lo stesso una vita, ma che del matrimonio hanno ben poco. Il matrimonio di Elena sarebbe rimasto a galla, né più né meno, come tanti altri. Ma per lei no. Era impossibile. Quando aveva preso il coraggio di chiudere, se n'era assunta ogni responsabilità. E sapeva che, da quel momento in poi, la sua sarebbe stata una felicità spezzata. Ma mai e poi mai sarebbe tornata indietro. Sarebbe andata avanti, a cercare la felicità compiuta, piena. Niente di meno. Lo doveva a se stessa e lo doveva anche a suo figlio.

Il suo rapporto con Piero, da donna separata, era scandito dai ritmi imposti dalla separazione, dall'impossibilità di distaccarsi da suo figlio, e dalla sua ferma volontà di non fargli vivere, adesso, la presenza di un uomo che non fosse il padre. I fine settimana in cui sua madre teneva con sé Michele erano la sua vacanza. Aspettava quei giorni per lei, solo per lei, come fossero ossigeno per respirare. Era l'evasione. Era il sonno. La coccola. L'amore. Ma ora quei fine settimana, se pensati con Piero, finivano per soffocarla. Si sentiva mancare il respiro solo all'idea di dover stare lì, in casa di Piero, in quella casa che non era la sua. Sotto la campana di vetro in cui lui l'avvolgeva. E, ogni volta che pensava a quei fine settimana, pensava a mille e una cosa che avrebbe potuto fare, invece che stare con lui. Questa sensazione le aveva fatto paura, all'inizio. Ma, poi, ne aveva preso atto. E aveva chiuso con Piero.

Gli altri scambiavano il suo coraggio di vivere per un capriccio. Peggio, per un capriccio crudele. E Piero, una volta lasciato, banalmente era caduto nell'equivoco. La dipingeva, a se stesso e agli altri, come la peggiore delle stronze. Lei che, invece, era semplicemente una donna che stava cercando di essere libera e felice, determinata e fedele alla sua idea di vita. Al bello della vita. Continuando a cercare, sempre, un uomo che la capisse davvero. Che la amasse davvero. Da amare davvero.

Piero guardava fisso a terra. Non disse nulla. Si era rintanato, semmai fosse possibile, sempre di più dentro quel giaccone. Gli occhi erano sempre più lucidi, e più duri. «Sei una troia» sibilò, senza espressione. Scostò la sedia, buttò sul tavolino venti euro e se ne andò. Non si voltò indietro. Elena non lo guardò andare via. Rimase lì, incurante di tutti.

Arrivò il cameriere. Posò sul tavolo cioccolata e analcolico. Prese i soldi. Lasciò il resto. E passò al tavolo accanto.

19

Le feste se n'erano andate. "Bene" pensò Andrea. Aveva voglia di riprendersi il suo tempo. L'aria.

Fiume?

Il messaggio di Carlo gli arrivò proprio mentre stava pensando di scrivergli per sentire se aveva voglia di uscire in barca sul Tevere.

Di corsa, direi.

All'una al galleggiante.

Era già mezzogiorno. E quando è mezzogiorno e all'una devi uscire in barca, è già tempo di andare. Anche se, dallo studio al Circolo, in Vespa, impieghi meno di dieci minuti. Andrea entrò al Circolo che non era ancora la mezza. Salutò tutti i soci che incontrava, come d'obbligo. Era una norma, quella del saluto, che non aveva mai capito se fosse scritta o consuetudinaria, a cui tutti erano tenuti. Gli sembrava una regola splendida. Di quelle da insegnare, da subito, ai bambini. Lui se lo ricordava, nonno Cesare, che gli diceva sempre di salutare tutti. Perché chi saluta è educato. E la timidezza non legittima nessuno a essere cafone.

Scese nello spogliatoio. Raggiunse il suo armadietto. Si cambiò e si vestì da canottiere. Malgrado ci fosse chi spingeva perché si vestisse da calcettaro, che all'una si giocava e si cercava il decimo, oppure da runner, che c'era un gruppetto che voleva andare a fare il giro dei ponti. Aspettò che Carlo arrivasse e si cambiasse anche lui.

Carlo era quello che lui avrebbe voluto essere. Era solido. Di poche parole. Sempre allegro e positivo. Piegato solo sul lavoro e la famiglia. Cinque figli. Nel ventunesimo secolo. A Roma. Da farci un documentario.

«Arriviamo alla diga?»

«Alla diga!? Ma sono almeno tre ore!»

«Ok, alla diga no. Ma oggi un'ora di barca. E non sento ragioni. È la ripresa, e dobbiamo dare un segnale al fiume.»

Scesero al galleggiante. Dribblarono un paio di oche, una particolarmente nervosa, e salutarono una nutria che sembrava la padrona dell'argine. Presero la barca che usavano da sempre. E cioè da un anno, da quando avevano iniziato a vogare. Un "canoino": una barca che quelli bravi mica ci salgono. Ma loro sì, che nel fiume c'erano già finiti una delle prime volte, e non volevano certo finirci di nuovo.

Misero la barca in acqua. Andrea davanti, Carlo dietro.

«Non ci facciamo riconoscere, al solito.»

«Non ci penso nemmeno.»

«Sbrighiamoci a uscire, che c'è gente che arriva, ora non ci vede nessuno.»

«Adesso. Finale. Tre, due, uno. Via.»

I remi in acqua. La barca che va. Piano, ma va. Il fiume sotto. Davanti, laggiù, ponte Milvio che si allontanava verso il ponte della ferrovia. Poi ancora avanti. Senza parlare. Guardando solo il fiume che diventa distanza. E intorno, sempre di più, il verde. Ancora qualche galleggiante. Poi qualche romeno che pesca, chissà che cosa. Qua e là delle baracche. Il verde dell'acqua. Il verde degli argini. Gli alberi che arrivano fin dentro l'acqua. La città sempre più lontana. Solo il rumore dei remi. E dei loro carrelli. Ogni tanto la voce di Carlo, a dare ordini. «Sinistro. Destro.» Andando controcorrente, il fiume si naviga a ridosso degli argini. In senso inverso, al centro. Poi dimmi dove stanno i problemi in quel momento. Dimmi dove sta la tua vita. L'hai messa da qualche parte. La ritrovi al ritorno. Non prima. Andrea aveva la certezza che dovunque fosse andato, qualunque cosa avesse avuto da fare o da pensare, tra due giorni, al massimo tre, si sarebbe ritrovato in barca con Carlo. Perché aveva capito che ci sono cose che ti danno la certezza che la vita continua, sempre, oltre tutto, al di là di tutto. Il fiume era una di quelle.

Alle due erano di nuovo al galleggiante. Tirarono su la barca. La lavarono. Si scambiarono complimenti a vicenda su com'era andata. Si dissero a mezza voce, tra i sorrisi: «Belle pippe che siamo...», e andarono ognuno verso il suo pomeriggio.

20

«Stasera Condominio. Con-do-mi-nio.» Beatrice era entusiasta solo all'idea, ed esultava al telefono con Valentina.

Il Condominio è una discoteca. Meglio, è un centro sociale destinato a discoteca. Si trova, per l'appunto, in un edificio di più piani, in una delle parti veramente più belle di Roma, e cioè al Ghetto. Per entrare c'è sempre fila e il biglietto costa cinque euro, consumazione compresa. Una volta entrato, sali più rampe di scale e accedi a una serie di ambienti. Ogni ambiente è dedicato a generi musicali diversi.

La gente beve, balla e si diverte molto. È tutta gente che sta a sinistra della sinistra. Ma oltre.

La sola volta che Andrea accompagnò Beatrice a ballare in quel posto, era disperato, per due motivi.

Il primo. Andrea ballava benissimo. Da sempre. Sentiva la musica come pochi. Aveva un fisico strutturato, definito, asciutto, dalla muscolatura nervosa. Uno dei pochi casi conosciuti in cui il marito balli meglio della moglie. Beatrice lo sapeva bene, e quindi lo costringeva a ballare. E lui, che ormai di anni ne aveva più di quaranta, si sentiva un po' a disagio a eseguire tutti quei movimenti pelvici al ritmo di *Don't Stop 'Til You Get Enough.*

Il secondo. Trovare una scarpa col tacco, in quel posto, era impossibile. Le donne di sinistra, spiace dirlo, ma il fatto è notorio, si vestono meno da femmine di quanto dovrebbero. E questo le rendeva, agli occhi di Andrea, ben poco attraenti. Trovava più intrigante fissare un termosifone, lì, immobile, attaccato alla parete, piuttosto che lanciare uno sguardo grandangolare a quel campione di genere femminile. E per questo non bisogna buttare la croce addosso ad Andrea. La sua non era una questione di colore politico, ma quando mai?!, ma, proprio e banalmente, una questione di immagine. Andrea subiva totalmente il fascino delle donne che sapevano fare le donne. Senza cercare altre spiegazioni articolate, aveva ben chiaro cosa volesse dire, per lui, sfilare una scarpa col tacco a stiletto, e un'autoreggente, e trovarsi un piede di femmina tra le mani, e cosa volesse dire, invece, sfilare un anfibio, e un calzettone di lana, e poi trovarsi in mano un piede che non conosceva smalti, che ti sembrava di aver soccorso un commilitone ferito in trincea.

Se ne aggiunse, infine, un terzo di motivo, che scoprì, però, solo una volta giunto in loco. Mentre si era messo in disparte per guardare Beatrice ballare, nella disperata attesa che la moglie gli dicesse: "Ok amore, andiamo", venne avvicinato da un aitante e curatissimo giovane. Questi gli disse, testuale: «Che buon profumo che hai, è Vetiver di Guerlain. Per me, il massimo» accompagnando il commento con una sniffata e leccatina sul collo. Andrea era rimasto interdetto. E non aveva detto nulla. Si era limitato ad andare da Beatrice e a dirle: «Amore andiamo. C'è uno che mi ha baciato. A me non piace. Mi sento un po' stanco». Alla moglie apparve chiaro che Andrea versava, in quel momento, in evidente stato confusionale, e che, se quel tizio si fosse riavvicinato, il marito l'avrebbe probabilmente ucciso con le sue stesse mani. Da quella serata, ovviamente, il Condominio, in casa Sperelli, veniva nominato nei casi strettamente necessari. Quel giorno era uno di quelli.

Amore, stasera posso andare al Condominio con Valentina e Cristiana?

Certo tesoro, vai pure. Alle nove sono a casa. Ceno.

E, anche per quel giorno, la pratica era chiusa.

21

Ormai gennaio stava per finire. Da dopo le feste, era stato tutto uno scambio di fax con il legale avversario. Lui contestava, Andrea replicava punto per punto. E lui, allora, passava ad altro. Nell'ordine aveva detto che Fiammetta stava strumentalmente mettendo le figlie contro il padre; che Fiammetta aveva dilapidato ogni mese, per spese di bellezza, gli ottocento euro che il marito versava sul conto della moglie; che Fiammetta aveva impedito al marito di ritirare i propri effetti personali dall'abitazione coniugale, e altro ancora. Tutto falso, ovviamente. Stava cercando, com'era chiaro, di "preparare" la causa, di tentare, in assenza di prove su argomenti favorevoli, di fabbricare qualcosa dal nulla. Andrea aveva mangiato la foglia, e le sue risposte erano sempre dettagliate, precise, puntuali. Lo riportava, ogni volta, ai fatti, smarcandosi dalle chiacchiere. E ogni volta lui cambiava argomento. Andrea notò che l'altro aveva l'abitudine di inviare le sue comunicazioni la sera dopo l'orario di chiusura dello studio e sempre il venerdì dopo le otto di sera. Con Monica si organizzò, in conseguenza, per essere sempre pronti a ricevere questi fax, perché voleva rispondergli subito, per stoppare i tentavi di costruire altre favole in assenza di un suo riscontro

Ormai la telefonata della sera, verso le otto, con Fiammetta era diventata un'abitudine. Le leggeva i fax che arrivavano. E, soprattutto, la tranquillizzava.

Una sera, in una di queste telefonate, le disse che sarebbe stato fuori qualche giorno – aveva promesso a Beatrice di portarla a Bologna, alla fiera di arte contemporanea – ma che avrebbe potuto chiamarlo in qualunque momento. La sua risposta lo spiazzò: «Avvocato, non ci sarà nulla di così urgente e importante da doverla disturbare. Qualunque cosa, ne parleremo al suo ritorno». Le stavano stravolgendo la vita, cercavano di toglierle le figlie, e lei si preoccupava di non disturbarlo.

La mattina dopo partì per Bologna. Furono tre giorni pienissimi. Girarono e rigirarono per gli stand della fiera. Comprarono poco. Ma comprarono il giusto. Beatrice studiava tutto, e sceglieva le cose che sarebbero state bene nella loro casa. Andrea annuiva. Di più non faceva. Un po' perché non era in grado – non è che ci capisse poi tanto –, un po' perché il loro rapporto era così: lui e Beatrice facevano, insieme, quello che piaceva a lei; Andrea faceva, da solo, quello che piaceva a lui.

Furono tre giorni comunque molto belli. Entrambi sentivano la mancanza dei bambini. Ma era importante che si prendessero ogni tanto il loro spazio. Altrimenti che ne sarebbe stato della loro coppia? La sera girarono per Bologna, andando a cene dedicate ai visitatori della fiera. Fecero l'amore, più volte in tre giorni. Ad Andrea non sembrò vero. Nella coppia, Beatrice era quella che non aveva bisogno di fare l'amore spesso. Lui sì. Lo facevano come piaceva a lei. Lui l'avrebbe presa, girata, le avrebbe strappato i vestiti, l'avrebbe sporcata tutta. Lei, invece, era lì, pronta a mille preliminari, per poi venire. Lui avrebbe avuto bisogno di mangiarla. Lei di farsi accarezzare dolcemente. Lui avrebbe avuto bisogno di amarla con violenza, di vederla sotto di lui, pronta a tutto. Corpo dentro corpo. Lei no, lei voleva che i loro corpi quasi si sfiorassero, in una danza di pelle su pelle.

La domenica sera, una volta tornati a casa, pensò che era contento così. Che tutto andava bene. Che la Roma aveva anche vinto.

Che non sentiva Fiammetta da tre giorni.

22

C'è qualcosa che fa imbestialire di più che svegliarsi in ritardo, fare una sintesi di doccia e barba e colazione, scendere di corsa e trovare la Vespa bucata quando hai la moto dal meccanico? No, non c'è. Andrea prese a pugni la sella della Vespa. Poi pensò che in piazza Mazzini c'era la stazione dei taxi. Mentre ci andava di corsa, incontrò lungo la strada Massimo, il suo amico collega del piano di sotto.

«Andrea, oggi mi dai cinque minuti? Ho bisogno di parlarti.»

«Ci vediamo per pranzo, ok? Mangiamoci un piatto di pasta da Cacio e Pepe.»

«Ok, ti aspetto dopo.»

Quella mattina Andrea aveva preso l'impegno con un suo amico, professore di Diritto amministrativo alla Sapienza, di assisterlo negli esami. Arrivò all'università in ritardo. Si fece lasciare all'ingresso principale di piazzale Aldo Moro. A piedi coprì il tratto che va da lì alla facoltà di Legge. Fece attenzione a non guardare la statua della Minerva che troneggia su tutto il tragitto. Portava male guardarla ai tempi in cui frequentava l'università, e non gli era giunta notizia, dopo vent'anni, che ora portasse bene. E nel dubbio...

Entrò nell'aula dove si tenevano gli esami. Si avvicinò al suo amico. «Scusami per il ritardo. Non sto a dirti i contrattempi di stamattina.»

«Non ti preoccupare. Siediti laggiù e chiama questo elenco di nomi. Fai le domande che credi, e scrivimi chiaramente il voto che proponi. Poi li mandi da me per la domanda finale e vedo io.»

Andrea si sedette. Era agitato. Soprattutto perché sapeva che i ragazzi che avrebbe chiamato difficilmente si sarebbero scordati di lui, nel bene e nel male. E l'idea di entrare nella vita delle persone, senza spiegarsi, senza avere il tempo di farsi conoscere, e forse stimare, volere bene, o magari odiare, a lui non piaceva. Interrogò una decina di ragazzi. Non è che andassero molto bene. Per un paio fu costretto a dire di ripresentarsi alla sessione successiva. Per gli altri, non era andato oltre il ventisei.

Si guardò da lontano. Stava lì. Lui. Che avrebbe dovuto lavorare in macelleria. Che quando prese il primo aereo della sua vita aveva ventitré anni, e lo prese perché si era laureato, e il viaggio a Londra, per imparare l'inglese, era il regalo di nonno Cesare.

Se lo ricordava che nonna Ada, la mattina della partenza, gli aveva detto: «Copriti, perché lì è umido». Eh già, Londra, vista da una macelleria di Testaccio, era un posto umido, mica altro.

E quel volo. Quando passò il carrello con le bevande, alla richiesta: «Cosa prende?», aveva detto: «Un cappuccino», e lo steward, trattenendo a stento una risata, gli aveva risposto: «Se ha la pazienza di aspettare, tra un po' il comandante sforna le pizze». Lui. Che appena aveva avuto la possibilità aveva scelto, da solo, senza farsi trascinare dalle mode, come vestirsi, come apparire. Perché quello che portava potesse essere in linea con quello che era, che sentiva di essere.

Adesso indossava solo cravatte, su misura, di Marinella. Andava da Caradonio, il suo sarto, a scegliere le stoffe per i vestiti. Camicie, sempre su misura, solo dal Portone in via delle Carrozze, le scarpe da Brugnoli e i soprabiti da Cenci.

Non aveva avuto bisogno di lavorare sulla sua eleganza. Incredibilmente, quella ce l'aveva anche da ragazzino. Anche quando non aveva una lira, e non sapeva distinguere una marca da un'altra. Sapeva, però, distinguere un uomo elegante da uno che non lo era. Anche oggi, che aveva finalmente la possibilità di scegliere, la sua eleganza non era mai ostentata. Ma innata, disinvolta, e non acquisita. Appariva assolutamente naturale. Ma lui era questo di oggi, o quello di allora, che non conosceva nulla di scarpe, cravatte, vestiti? Se ne stava lì a pensare, mentre chiamava l'ultima studentessa rimasta da interrogare.

«Buongiorno, si accomodi pure.»

«Buongiorno.»

Si sedette in punta di sedia. I gomiti appoggiati sul tavolo. Le mani incrociate davanti al viso. Si vedeva che era impaziente di iniziare. Ad Andrea non parve vero. Finalmente. Però era di colore, e il nome era straniero.

«È da molto che è qui in Italia?» le chiese, dando prova che Roma non è New York, e il diverso lo riconosci subito. Solo che, per far vedere che non è diverso, provi a metterlo a suo agio. Sottolineando così la sua diversità. Facendo esattamente la figura che volevi evitare di fare.

«Da sempre. Vengo da Capo Verde» rispose, senza nemmeno accennare un sorriso.

«Ah, complimenti! Va bene. Mi parli, allora, dei diritti resistenti.»

La domanda non era delle più semplici. Un fiume in piena. Rispose ricordando tutto quello che il testo diceva in proposito, e anche di più. Dimostrando di aver perfettamente capito, e non solo di ricordare a memoria. Andrea restò incantato. Non le fece altre domande. La mandò direttamente dal professore, proponendola per la lode.

Gli esami erano finiti. Si alzò, salutò il suo amico, e ritornò verso lo studio, sempre in taxi e sempre senza guardare la Minerva, che non si sa mai.

23

Scese dal taxi in piazza Mazzini. Chiamò Massimo: «Tra un minuto sono da Cacio e Pepe. Ti aspetto lì?».

«Arrivo» rispose Massimo. Andrea rimase colpito dal tono della voce dell'amico. Era il tono di chi ha fretta di parlare, di chi non vede l'ora.

Massimo gli si fece incontro. Sembrava quasi implorarlo: «Eccoti. Dài, sediamoci».

«Prendiamo il tavolo laggiù, che quelle due accanto non sono niente male» disse Andrea, più per smarcarsi dalla tensione che via via diveniva palpabile, che per un effettivo interesse al posizionamento strategico. Nemmeno il tempo di sedersi che arrivò il cameriere.

«Prendete?»

«Due cacio e pepe. Acqua leggermente frizzante e pane, tanto pane.»

Aveva deciso Massimo, così, per tutti e due, senza che Andrea avesse il tempo per dire: "Che avete oggi?".

Andrea capì il momento, e andò in aiuto all'amico.

«Massimo, dimmi tutto. Vai al dunque, che hai ordinato più per cacciare via il cameriere che per altro.»

«Allora, sentimi bene. Vengo al punto. Tu sai che sono un paio d'anni che mi lavoro quel dirigente del Ministero, quello che hai incontrato a cena a casa mia. Ricordi?»

«Sì, perfettamente.»

«Ieri mi ha chiamato e mi ha chiesto di incontrarci stamattina. Non sono scemo. L'abboccamento glielo avevo dato mille e mille volte, quindi sapevo che cosa avrebbe dovuto dirmi. Per questo, quando ti ho incontrato sotto lo studio, prima di andare da lui, ti ho detto che avevo bisogno di parlarti. Perché ho bisogno di un tuo consiglio. Allora, cerca di capirmi, senza troppe parole: questo amico mi ha proposto una consulenza, ok? Questa consulenza prevede cento all'anno. Io non devo fare nulla. Incasso, tengo sessanta, e gli giro, in qualche maniera, quello che rimane. Dimmi che ne pensi.»

Andrea masticò con calma il pezzo di pane, buonissimo, che il cameriere nel frattempo aveva portato. Masticò lentamente, per prendersi qualche attimo in più prima di rispondere. Non voleva offendere l'amico. Però voleva capire perché uno come Massimo, un bravo avvocato, una persona onesta, si fosse convertito a un'altra realtà.

«Premesso che siamo avvocati e, quindi, siamo autorizzati a non capire nulla di numeri, di bilanci, di tasse, già così come me la racconti non va. Per due ragioni. La prima è che tu oggi fatturi circa trecento all'anno, giusto? Ora, se fai questa operazione, il prossimo anno ne fatturerai cento di più. E le tasse le pagherai su quello che, in totale, formalmente andrai a guadagnare. Quindi, di quei sessanta che alla fine ti entreranno in tasca, diciamo che, a occhio e croce, quarantacinque se ne vanno in tasse. Cioè, tutto questo casino per soli quindicimila euro. Che sono sempre tanti, certo, ma, dal mio punto di vista, non abbastanza per correre il rischio di perdere il lavoro e la reputazione. Che la dignità, quella, nel momento in cui ti presti a fare una stronzata di questo tipo, non dico che l'hai già persa, ma quanto meno l'hai riposta da un'altra parte, e la ripassi a prendere fra qualche anno. Sempre che ce la ritrovi.

La seconda ragione è che se per caso salta fuori anche un accenno di questo casino, il primo che ci va di mezzo sei tu, perché tutto parte da te. Ci sarà un contratto, con il tuo nome e la tua firma, per il quale non farai praticamente nulla. E ci saranno, invece, in forza di quel contratto, dei soldi che ti pioveranno in banca. Non ci sarà bisogno di un detective raffinato per capire, sarà sufficiente anche Topolino, o forse già solo Pippo.»

Massimo lo ascoltava con attenzione. Ma quello che voleva era l'assenso dell'amico, non una stroncatura.

«Vabbè, dài. Queste sono due questioni che si risolvono. Per la prima vorrà dire che la mia percentuale sarà molto più alta. Per la seconda in qualche maniera mi organizzo.»

«E poi c'è un'altra ragione, un po' più importante. Ma che ti dice il cervello, eh? Fammi capire: che ti manca? Hai veramente la necessità di metterti a fare il collettore di mazzette? No, dimmelo, perché io, questo, mica l'ho capito.»

Andrea era andato al punto. Senza barriere, senza scrupoli, aveva detto veramente all'amico quello che sentiva. Quello che proprio non gli andava giù. Massimo, dal canto suo, si stava innervosendo. Non gli piaceva il tono che aveva preso quella discussione. Ma la verità era che lui stesso l'aveva sollecitata, quella discussione. Perché gli serviva proprio a questo. A fare i conti con la propria coscienza. Sperando di passare l'esame. Sperando di avere un'assoluzione. Ma l'esame stava andando male, perché quello che vedeva Andrea, lo vedeva anche lui. Per questo decise di andare più a fondo, alle ragioni, quelle vere, intime, che lo spingevano a tanto. Per tentare di convincere Andrea a comprenderlo, ad assolverlo. Oppure a togliergli ogni dubbio sull'opportunità di vendersi.

«Allora te lo spiego, così adesso lo capisci. Io voglio fare i soldi. I soldi, Andrea, i soldi. Ho quattro persone che lavorano in studio, quattro stipendi, ho una ex moglie a cui pago fior di alimenti, ho il mutuo, le tasse, l'Iva, la cassa avvocati. Ho bisogno di soldi Andrea. E oggi, se non ti fosse chiaro, i soldi non girano più, se non nella politica. Ma lo vedi chi sono quelli che contano? Lo vedi? Ti sembra che chi ha successo oggi, chi conta, parli di massimi sistemi, di valori, abbia realmente capacità? L'altro giorno ho sentito in televisione un dibattito sulla riforma della magistratura. C'era un avvocato – un politico – che diceva che i PM vanno messi sotto l'esecutivo, e che la loro autonomia verrà garantita con un sistema di pesi e contrappesi. Ha detto proprio così: pesi e contrappesi. A domanda di quali fossero questi pesi e contrappesi, ha risposto che adesso non poteva rispondere, perché bisognava studiarli. Cioè, non li sapeva. Non sapeva che dire. Aveva recitato la frasetta che gli avevano messo in testa ma non sapeva nemmeno che significassero, nella sostanza, quelle due parole. Pesi e contrappesi. Tu e io ci saremmo vergognati di fare una figura simile. Quello rideva compiaciuto, Andrea, convinto del fatto suo. E sta in Parlamento. Ed è potente. Ed è ricco. E nessuno si stupisce che dica in televisione, mica a casa sua, cose che gli hanno inculcato, come un mantra. E quello è un avvocato, come noi due. E noi non contiamo niente. Lui, invece, sì. Svegliati, Andrea, svegliati. Io sono stanco di rincorrere clienti che non pagano, o che, se pagano, pagano una miseria, spezzandomi la schiena per questo lavoro, per mantenere sei famiglie, compreso me stesso.»

Massimo provocava Andrea. Voleva che tutto quello che l'amico aveva dentro venisse fuori. Per uscire da quel dubbio che lo affliggeva. Per uscire, o da una parte o dall'altra. Andrea questo l'aveva capito, e andò dritto. «Tu deliri, credimi. Siccome dobbiamo fare i soldi, smettiamo di lavorare e ci appiattiamo sul peggio?

E iniziamo a rubare? Perché quelli che rubano e sono furbi stanno meglio di noi? Tu sei matto. Svegliati tu, che ti stanno ipnotizzando.»

Massimo sentiva sempre più la necessità di fare a pugni con Andrea, di sfogare quel senso di inadeguatezza che aveva dentro. Ci sono momenti in cui vorresti andare, ma non sai dove. Momenti in cui hai bisogno che qualcuno di cui ti fidi accenda la luce. Ti faccia vedere. Ma senza dire che l'ha fatto lui per te. Momenti in cui hai bisogno di non sentirti solo in una scelta, ma di condividerla con qualcuno. Facendolo diventare come te. Mettendolo nella tua stessa posizione.

«Non fare il superiore. Guarda la realtà. Hai presente Giacomo Campo? Te lo ricordi all'università? Ti ricordi che, fino a cinque anni fa, si sbatteva tra pignoramenti e assicurazioni? Te lo ricordi che se gli arrivava uno sfratto faceva festa? Te lo ricordi, eh? Secondo te com'è che in poco tempo ha fatto tutti questi soldi? Si è attaccato al carro della politica, e adesso si è comprato addirittura un casale a Sinalunga con piscina riscaldata, palestra e cavalli.»

«Massimo, lo scopo della mia vita non è quello di avere la piscina riscaldata, la palestra e i cavalli, che mi pare davvero una mezza cazzata. E nemmeno il tuo, credimi. Ma di fare i soldi, e tanti, onestamente. Lascia perdere, che sei ancora in tempo.»

«Falla finita di fare il moralista. Tutti hanno un prezzo, e anche tu.»

«Sicuro. E chi dice il contrario. Anche Pietro, prima che il gallo cantasse, rinnegò l'amico. E sì che l'amico non era poi uno qualunque. Ma il prezzo del suo tradimento era salvarsi la pelle. Il punto non è se la gente abbia un prezzo o no, ma a che quota lo fissa questo prezzo. Il mio prezzo è alto, molto alto. E questo mi consente di poter star bene con me stesso. Il tuo è un prezzo troppo basso, per venderti. In mancanza d'altro, fanne un discorso di convenienza, amico mio. Ne vale la pena? Dimmi la verità: ne vale la pena?»

«Ma l'Italia è questa. Gira così, solo così. Legati ai potenti, e starai bene.»

«Che convenga legarsi ai potenti è sicuro, e chi dice il contrario. Ma non mi dire che l'Italia è questa. Questa è la parte peggiore dell'Italia, e basta. Io sto da un'altra parte. E anche tu. E lo sai bene. Falla finita, e liberati di quel ladro, prima che sia troppo tardi. Quello che abbiamo, l'abbiamo ottenuto lavorando, onestamente, per vent'anni. E tu, come me, sei un privilegiato, pur fra mille problemi. Vorrei sapere perché oggi dovremmo smettere per iniziare a rubare. Perché abbiamo visto uno, che non sa che differenza ci passa tra un codice civile e un album di figurine Panini, che ha fatto i soldi?»

Smisero di parlare. Pagarono. Si alzarono e andarono a piedi, in silenzio, a prendere il caffè da Antonini. Lo bevvero. Uscirono e si avviarono verso il portone.

La loro discussione era ormai finita da un quarto d'ora. Andrea gli chiese: «E che ci fa, adesso, Campo con il casale, la piscina riscaldata, la palestra e i cavalli?».

Massimo ci pensò su un attimo, e poi rispose: «Un cazzo».

24

Quando squillò il cellulare, Andrea stava pensando proprio alla separanda. Gli scappò un sorriso, nemmeno troppo poco accennato, quando lesse il suo nome. Prese il telefono e lo lasciò squillare una volta di più. «Signora, che mi dice?» rispose con una bella voce, accogliente.

«Buongiorno avvocato. La disturbo?»

«No signora, assolutamente no. Sono in studio ma sono da solo.»

«Mi scusi, ma sa, la testa lavora. Ho raccolto le informazioni che mi ha chiesto, ma soprattutto avrei necessità di vederla. Ho un po' di ansia. Vorrei parlarle di quello che ho trovato, spiegarle il significato di alcuni documenti, ma non per telefono.»

«Certamente, mi dica quando vuole passare. Oggi posso riceverla quando crede.»

«Grazie avvocato. Dovrei però chiederle una cortesia. Oggi sono bloccata tutto il giorno qui al lavoro. Non riesco a raggiungerla nel suo studio. È troppo se le chiedo di vederci un attimo da queste parti?»

«Va bene, non c'è alcun problema» si precipitò a dire, quasi a fugare anche il solo sospetto che a lui non andasse e non fosse disponibile.

«Che dice, avvocato, alle due da Ciampini a San Lorenzo in Lucina? Mangiamo una cosa al volo così non le faccio perdere tempo.»

Andrea rispose semplicemente: «Va bene, ci vediamo lì. Allora a più tardi». Nemmeno il tempo di riattaccare, e si ritrovò a pensare che erano le dieci e mezzo e che doveva organizzare le ore fino alle due. Iniziò subito con una lettura dei giornali sull'iPad. Dopo, un po' di posta. Poi si alzò. Andò verso la reception: «Simona, faccio un salto in banca». Insomma, si barcamenò tra impegni inutili e finte occupazioni.

Alle due meno un quarto lasciò la Vespa proprio davanti alla catena che divide San Lorenzo in Lucina dalla strada, di fronte alla farmacia. Lì ogni tanto ti fanno la multa, ma non c'era davvero altro posto dove lasciarla. Si incamminò a piedi attraverso la piazza. Fece un giro largo, restando sempre attento a non perdere di vista l'entrata dalla parte di via del Corso, che la separanda sarebbe dovuta arrivare da quel lato.

Era di spalle quando sentì che la signora Maioni si stava avvicinando. Andrea stava guardando una vetrina, in maniera così distratta che se gli avessero chiesto cosa ci fosse dentro non avrebbe saputo dirlo. Si girò, e la vide arrivare. Sorrideva da laggiù, e lo fissava. Istintivamente abbassò lo sguardo, per poi rialzarlo solo quando Fiammetta si era fatta più vicina. «Buongiorno avvocato, grazie!» esclamò Fiammetta. Quella gratitudine, tutta quella gratitudine, lo fece sentire contento. Le strinse la mano e le cedette subito il passo fino all'ingresso del bar.

Salirono direttamente al piano superiore, nella sala da tè. Si sedettero nell'unico tavolo libero, nell'angolo dalla parte opposta alle scale. Alcuni istanti di silenzio. Quella sensazione strana di chi vorrebbe parlare di altro, ma proprio di altro. Dimenticando che si sta lì con un ruolo e un compito ben precisi. Fiammetta lo fissò e sorrise. Andrea si sentì a disagio. Così, per un attimo. Poi prese a fare l'avvocato: «Signora, ha fatto i compiti che le ho dato per casa?».

«Certo! E anche bene. Ho raccolto tutta la documentazione bancaria che sono riuscita a trovare. La documentazione sulle società che, direttamente o indirettamente, fanno riferimento a lui, in Italia e all'estero, che conservava in un cassetto dell'armadio in camera delle bambine. Se ne dev'essere dimenticato. In più tutte le foto delle vacanze e le ricevute degli alberghi. Tutto per gli ultimi tre anni. Ce n'è da dimostrare che mio marito è Paperon de' Paperoni!»

«Brava signora, brava.»

Fiammetta si sfilò la giacca blu del tailleur pantaloni, di taglio maschile, ma che di maschile, su di lei, non aveva proprio nulla, e rimase con una camicia bianca. Il busto stretto, i seni grandi che spingevano da sotto i bottoni. Una scollatura che era lì, a riempire tutto. Quelle mani che muovevano l'aria con sapienza. Quello sguardo che non lo abbandonava mai. Quel sorriso che non si spegneva un secondo, e che era per lui.

«Ottimo» ribadì Andrea, dando un'occhiata veloce alle carte. Fiammetta si passò una mano sul collo, accarezzandosi la pelle. Andrea non perdeva neanche il suo minimo gesto. Fiammetta non distoglieva mai lo sguardo dal suo avvocato. Mai. Le squillò il telefonino. Lei lo prese immediatamente dalla borsa. Non guardò nemmeno chi fosse. «Avvocato, mi scusi, lo spengo immediatamente così non abbiamo nessuno che ci disturbi.» Andrea fece un mezzo sorriso, ma di imbarazzo. Quella donna lo stava facendo sentire padrone di quel momento. Padrone assoluto. «Guardi, sono giorni durissimi per me. Sto cercando di difendere soprattutto le bambine, farle sentire tranquille. Per quanto possibile, cerco di stare con loro, di lavorare da casa. Di esserci, insomma, sempre. Non mi sto prendendo più un minuto per me. Mi muovo, le dico la verità, solo per venire da lei. Anche se ho la fortuna di avere un avvocato come lei, sempre presente, che non mi fa sentire abbandonata.» E queste ultime parole le disse fissandolo dentro gli occhi, laggiù, da qualche parte, ma molto in fondo.

Andrea, più passavano i minuti, più sarebbe rimasto per ore. Aspettando anche la cena, magari. Gli piaceva che quella donna fosse veramente lì per lui. Quella donna forte, sicura, in cui neanche un capello era stato condizionato dal dramma personale che stava vivendo. Che sorrideva. Che lo faceva sentire re. Che abitava ed era parte di quel mondo in cui da sempre Andrea aveva cercato, con le sue forze, di arrivare. Era bella. Era in carriera. Era intelligente. Era elegante. Conosceva. Sapeva. Parlava. Guardava. Aveva una risposta su tutto. Stava sempre un passo avanti. Era più di lui, pensò Andrea.

«Che dice, chiediamo un caffè e andiamo?» gli disse Fiammetta. Andrea si rese conto, solo in quel momento, che erano già le tre, che il tempo era volato, che quel prosciutto e pomodoro che aveva ordinato non ricordava nemmeno di averlo mangiato. «Sì, sì, che oggi ho una giornata...» rispose, per riprendersi un po' il suo ruolo. A Fiammetta non sfuggì quest'attimo.

«Mi dispiace, so che stamattina, quando mi ha detto che poteva vedermi quando volevo, lo diceva perché lei è sempre così disponibile, anche quando è impegnatissimo. E di questo la ringrazio davvero.» Andrea si sentì scoperto. Aveva paura di farle capire che, chissà perché, l'avrebbe vista anche più tardi, che tutto quello gli faceva piacere. «Si sta bene qui. Potremmo decidere di vederci sempre qui, avvocato, che dice? Si mangia in tranquillità e si può parlare, senza che lei perda tempo con me, nel suo studio, che ha tante cose da fare.»

Andrea non sapeva veramente cosa rispondere. La guardò, con maggiore insistenza, e le disse: «Certo, e poi, qui, viene meglio parlare di tutto». Mise i soldi sul tavolo, si alzò, e lasciò che Fiammetta gli passasse avanti per raggiungere la scala. La seguì. Uscirono dal bar.

«Bene avvocato, grazie. Mi faccia sapere se i documenti vanno bene.»

«Certo, signora, li guardo e poi le dico.»

«A dopo» e gli tese la mano.

«A dopo» e le strinse la mano. E quelle mani restarono unite qualche secondo di troppo. Andrea se ne accorse.

Voleva non far scappare quell'attimo. Aveva un senso di paura del vuoto che avrebbe riempito le ore, i giorni che sarebbero passati fino al prossimo incontro. Voleva mettere un punto fermo a quel vuoto, avere un giorno, un'ora, da rincorrere, sapendo quanto mancava, al secondo, al momento in cui sarebbe stata di nuovo di fronte a lui. Voleva la certezza di quando l'avrebbe rivista, per cullarsi nell'attesa.

«Magari la prossima volta mangiamo una cosa alla Fiaschetteria, in via della Croce. Un'amatriciana, che come la fa preparare Cesare, al dente, non c'è nessuno.»

Andrea aspettava solo un "sì", e magari un "domani". Fiammetta sapeva qual era la risposta che ci si aspettava da lei. Gli sorrise: «Aggiudicato. Se non è Ciampini, ci vedremo alla Fiaschetteria, e chiediamo al suo amico Cesare di prepararci dei bucatini all'amatriciana.»

«Rigatoni» rispose Andrea, «rigatoni. Non so perché, ma a me piace di più la pasta corta.»

«Anche a me» rispose Fiammetta, voltata verso di lui ormai solo con il sorriso, ma già diretta altrove.

Andrea stava sognando a occhi aperti. Si immaginava di entrare alla Fiaschetteria da Cesare, che l'avrebbe accolto, al solito, con un sorriso e una battuta, con lo sguardo ospitale, in quell'atmosfera fatta di calore. L'avrebbe portata a casa, se avesse potuto. Ma non poteva.

Lasciò che Fiammetta si allontanasse, verso via del Corso. Poi si girò, e andò verso la sua Vespa. E pensò che quel pranzo, per la causa, non era servito a nulla. Sarebbe stato sufficiente un pony che gli avesse portato quei documenti in studio.

25

Ho da proporti una cena stasera o con uno fichissimo o con uno bellissimo o con me. Il fichissimo e il bellissimo, però, non possono.

Elena lesse il messaggio di Giorgio e sorrise. La tecnica di quello che oddio quanto sono sfigato, nella quale lui era maestro, le faceva un po' pena. Però Giorgio sapeva essere anche simpatico, e una cena gliela si poteva pure concedere.

Stasera accetto di andare a cena con uno che non è né fichissimo né bellissimo e, detto tra noi, anche un po' sgradevole alla vista. Però a mezzanotte a casa che altrimenti diventa un'opera di volontariato...

Dire che Giorgio fosse stato entusiasta di leggere quel messaggio, è dire poco. Elena per lui era il punto d'arrivo. Bellissima, di classe, di ottima famiglia, universalmente riconosciuta come una di quelle che hai visto quello con chi si è messo? Non avrebbe più avuto bisogno d'altro. Sarebbe arrivato finalmente a sedersi su quella cima, su cui voleva salire da una vita, ma che vedeva dal basso, e che non raggiungeva mai. Su quella cima, dove stavano seduti tutti quelli che a scuola lui rincorreva, e che restavano sempre davanti. Una vita a cercare di piacere agli altri, facendo il simpatico, il servizievole, il disponibile. Mettendosi, sempre, in secondo piano. E ora la possibilità di entrare dalla porta principale. Di entrare a una cena e vedere dipinte, sulle facce degli altri, ammirazione e invidia. Diventare lui quello che conta, e non restare l'amico di quello che conta. Lo voleva ora. Giorgio non si era mai sposato. Non perché non avesse trovato la persona giusta, ma perché non aveva trovato quella giusta per piacere agli altri. Era più forte di lui. Per fare mostra di sé doveva decantare le doti degli altri. In qualche maniera, così, facendole proprie. Sono fico perché conosco quello, che fa questo, ha questo, conosce, a sua volta, quello. Aveva, non c'era dubbio, un'intelligenza e una sensibilità non comuni, ma impiegate nella direzione sbagliata. Un uomo con mille qualità, che, però, non sentiva sufficienti per camminare da solo. Aveva bisogno degli altri.

Da quando erano tornati da Cortina, ormai da due mesi, lei non gli aveva lasciato mezzo spiraglio, dicendo sempre no a ogni richiesta di vedersi da soli.

Giorgio sapeva perfettamente che non c'era speranza con Elena, ma, ormai, voleva arrivare a un punto, fare un salto di qualità. Combatteva a testa bassa dietro il suo sogno, senza vedere altro. Solo che dietro ai sogni, senza vedere altro, puoi andarci a vent'anni. A quaranta è bene che la vita la guardi in faccia per quello che è, altrimenti corri il rischio di diventare ridicolo. A quaranta vanno bene i sogni, ma senza più esserne schiavi. Perché, a quell'età, essere schiavi dei sogni è un lusso che non ci si può più permettere.

Si presentò sotto casa di Elena alle nove precise. Aveva prenotato un tavolo in un ristorante esclusivo dalle parti di Santa Maria Maggiore, dove mangi benissimo, pur non capendo cosa hai nel piatto, ma spendi cento euro solo per suonare il campanello e chiedere se c'è posto. Elena scese quasi subito. Non le piaceva farsi aspettare. Vestiva dei pantaloni neri che le fasciavano le gambe, una camicia di pizzo nero troppo trasparente per la serata che l'aspettava, un golfino nero, di cashmere, abbottonato sul davanti. Un filo di trucco. I capelli legati. Eva Kant.

Dall'altra parte, Giorgio aveva cercato di dare il meglio di sé. Vestito come quello che sono appena uscito dall'ufficio, doccia veloce e ho messo su due cose senza pensarci troppo, aveva ottenuto un risultato, nel suo insieme, inquietante. Passi per il blazer sui jeans – anche se, d'estate, giacca blu e jeans potrebbe andare, ma a febbraio proprio no, a meno che tu non sia Valentino o Tom Ford, gli unici che possono permettersi di vestire come vogliono – ma la cosa che non andava era una camicia bianca di piquet stampata con dei fiori, sempre bianchi, in rilievo, e una serie di braccialetti da dirgli ma dove ci vai con tutti questi braccialetti. Le scarpe, delle Clarks color sabbia, che, finito il liceo, vanno assolutamente riposte, per sempre, per lasciare il posto a quelle di colore marrone, che possono accompagnarti, viceversa, per tutta la vita. Il soprabito, una giacca Belstaff un po' troppo colorata. Che se ci esci in moto va bene, ma mai se prendi la macchina. E la macchina, poi. Una Porsche Cayenne nera.

La gente dovrebbe sapere, e se non vuole capire dovrebbero fare una legge, che l'unica fuoristrada elegante con cui puoi andare dovunque, ad accompagnare i bambini a scuola, a un matrimonio, a un appuntamento di lavoro, è la Range Rover Vogue. Attenzione, la Vogue, perché già il modello Sport qualche dubbio lo fa venire. Altrimenti, una sempre classica Land Rover Defender. Altro non è previsto. Non si può comprare. Non ci si può girare. Con tutta questa attrezzatura, vestito così, con quell'astronave, Giorgio sembrava uno appena uscito dal bar di *Guerre stellari*.

Elena lo vide e non trattene un sorriso: «Volevi fare colpo e hai sfoderato tutto l'armamentario! Fatti vedere.

Questa camicia, che sembri uno che passeggia a viale Ceccarini, dove l'hai presa?». Giorgio rise. Era permaloso, ma aveva senso critico, che utilizzava anche per sé, non solo per gli altri. «Io non ti vedo mai. Mi gioco tutto in nemmeno 120 minuti. Una sorta di finale con supplementari in cui non si può andare nemmeno ai rigori. È ovvio che devo colpirti. Questa camicia dimostra che sono un uomo che sa mettersi in discussione, che sa cambiare. Soprattutto, che non sa più che fare per riuscire a sfilarti tutto quello che hai addosso!»

«Ti meriti un bacio sulla guancia di quelli che schioccano. Lo so che sicuramente avrai prenotato in un posto che siamo io e te, e che pagherai trecento euro di conto. Ma mi parrebbe brutto, dopo che hai speso quella cifra, non dartela... quindi portami alla Nuova Fiorentina a mangiare la pizza più buona di Roma!»

Giorgio scoppiò a ridere. Elena aveva fatto centro. Anche se lui avrebbe speso dieci volte tanto solo per avere, da lei, uno sguardo di quelli che siamo io e te, senza nemmeno sperare altro.

Dopo dieci minuti parcheggiavano in via Brofferio, di fronte al ristorante. Entrarono. Giorgio, che sapeva stare al mondo, sapeva che alle donne si cede sempre il passo, tranne quando si entra nei ristoranti o si scendono le scale. A Elena, queste attenzioni, piacevano. Si sedettero a un tavolo nella seconda sala. Elena si fece subito portare focaccia e prosciutto. Giorgio la bufala: era mercoledì ed era appena arrivata fresca. Giorgio non perse tempo. «Ti va se partiamo qualche giorno? Così, da amici, sia chiaro, ti porto a Londra. Ci divertiamo.»

«Giorgio, ma come faccio? Devo stare con Michele» buttò lì la prima scusa che le venne in mente. E quella dei figli, per le donne separate, è la migliore quando vogliono dribblare qualcuno.

«Dài, c'è un mio amico di Milano, Pierpaolo, fichissimo, che ha una casa meravigliosa a Chelsea, col portoncino d'ingresso lilla, a Paradise Walk. Meravigliosa. Sai quelle case inglesi su tre livelli, strette e alte? Arredata benissimo. Potremmo dormire in due stanze separate. Lui è eccezionale. Pensa, lavora a Londra da tre anni, ovviamente nella City, ovviamente nella finanza, e ha fatto non sai quanti soldi. È diventato, nemmeno a dirlo, socio dell'Athenaeum, che è uno dei club più esclusivi di Londra. E poi è un gran bel ragazzo. Sportivo, come piacciono a te, pieno di interessi.»

Elena rise. «Scusami, ma allora, se questo è così eccezionale, fammi saltare il passaggio intermedio della trasferta a Londra con te e presentami subito lui, così ci parto invece di perdere tempo!»

Giorgio rise forzatamente. Elena aveva, non volendo, fatto nuovamente centro. Gli aveva detto no e nel contempo l'aveva colpito, sottolineando quella sua incapacità di provare a brillare di luce propria. Ci rimase male. Ma dentro. Lui, agli altri, non lo faceva mai vedere. La sua felicità, il suo obiettivo, stava lì, a mezzo metro, e si allontanava alla velocità della luce di chilometri e chilometri. Elena lo aveva preso a schiaffi. Con affetto, ma l'aveva preso a schiaffi. Gli aveva detto la verità sul suo conto. La sua era una vita vissuta per piacere agli altri. E avere accanto una bella donna, compatibile con l'immagine di bella donna che girava a Roma Nord.

Mangiarono fritti, poi pizza – che, per come la fanno buona alla Nuova Fiorentina, non ti stancheresti mai di mangiarla, e, su questo, Elena aveva ragione – frutta e caffè. Giorgio la riaccompagnò sotto casa che non era ancora mezzanotte.

«La prossima volta che usciamo, voglio che usciamo con una che mi dici: ecco, questa diventerà la mia fidanzata.»

«Ti pare facile» le rispose Giorgio.

26

Quella mattina Andrea non fece in tempo ad accendere il telefono che trovò tre chiamate di Fiammetta. Da quando il marito aveva provato a metterla fuori di casa, Fiammetta aveva memorizzato il numero di cellulare di Andrea. Ma solo una volta, in tutti quei mesi, l'aveva utilizzato, quel giorno per chiedergli di vedersi da Ciampini. Andrea la chiamò, con una certa apprensione. Fiammetta rispose. Piangeva.

«Mi scusi, avvocato, se mi sono permessa, ma stamattina prestissimo è venuto un ufficiale giudiziario e mi ha notificato il ricorso per separazione mandatomi da mio marito. Avvocato, io non sono questa, non sono come raccontano loro.»

«Signora, prima cosa si calmi. Poi non dia retta a quello che scrivono, sono tutte fesserie. Mi faccia la cortesia: smetta di leggere quel ricorso, lo metta in una busta e me lo mandi subito con un pony.»

Non immagini mai come sia possibile che persone che appaiono di ferro nel quotidiano possano sciogliersi come cera al sole quando la vita mette in discussione le loro certezze più profonde. Fiammetta apparteneva a pieno titolo a questa categoria. Era come se sul lavoro, nei rapporti con gli altri, fosse schermata, ma nella vita privata, intima, nelle relazioni personali, affettive, fosse nuda, priva di ogni difesa, pronta a lasciarsi ferire anche da una goccia di pioggia. Una goccia di quelle più piccole.

Per questo, dopo nemmeno mezz'ora Fiammetta, quella Fiammetta che dettava i tempi delle notizie da dare alla gente, si presentò in studio da Andrea quasi tremante. Aveva tra le mani quell'atto. Andrea lo lesse velocemente. Lo colpì un virgolettato:

"Ti farò uccidere, ti caverò gli occhi se solo proverai a guardare le mie figlie. Dimenticati di essere stato il loro padre. Hai le ore contate."

Andrea lesse a voce alta quella frase a Fiammetta, e la guardò con aria di rimprovero:

«Signora, ma lei non mi ha mai raccontato di aver detto una cosa del genere a suo marito! Anzi, mi ha assicurato che nei giorni più caldi, prima che suo marito se ne andasse di casa, aveva fatto di tutto per farlo ragionare, per evitare lo scontro. Che non gli aveva detto nemmeno mezza parola fuori posto. Me lo ricordo ancora: non mezza parola fuori posto! Ma c'erano testimoni?»

Fiammetta sorrise e Andrea, dentro di sé, fu contento già solo per questo.

«Avvocato, mi scusi, ma ha visto male. Se legge con attenzione, vedrà che quella frase non è riferita a qualcosa che ho detto, ma a qualcosa che, secondo mio marito, io avrei pensato. Rilegga bene.»

Andrea rivolse nuovamente lo sguardo sull'atto. Fiammetta aveva ragione.

Il passaggio del ricorso, letto per intero, suonava così: "Mentre il marito comunicava alla moglie la sua volontà di separarsi, lei lo supplicava di restare insieme. Ma in realtà, mentre diceva questo, nella sua mente pensava: 'Ti farò uccidere, ti caverò gli occhi se solo proverai a guardare le mie figlie. Dimenticati di essere stato il loro padre. Hai le ore contate'".

No, questo era veramente troppo. Andrea si mise a ridere. Pensò che aveva conosciuto avvocati civilisti, amministrativisti, tributaristi, penalisti, commercialisti, lavoristi, matrimonialisti, ma quelli capaci di leggere il pensiero no, quelli non li aveva mai incontrati. Non sapeva che esistessero. Aveva avuto, per la prima volta, ora, la fortuna di incontrarne uno. Certo che ce ne voleva di fantasia per scrivere delle cose così senza senso. E perdipiù su un atto giudiziario. Ma il loro effetto l'avevano prodotto.

Fiammetta tremava, ma riusciva comunque a essere presente a se stessa, elegante nei modi e nello sguardo. Non appena Andrea poggiò il ricorso sul tavolo e alzò gli occhi verso di lei, gli disse:

«Avvocato, basta che non mi tolgano le bambine.» Andrea capì che avevano fatto centro. Volevano spaventarla. Volevano farla rinunciare a tutti i suoi diritti colpendola in quello che lei aveva di più caro: le figlie. Erano disposti a qualunque cosa pur di non darle nulla per il mantenimento. E volevano sfiancarla, costringerla a una consensuale per loro conveniente facendole credere che le avrebbero portato via le figlie. Ad Andrea era chiaro. A Fiammetta no.

«Signora, lasci stare le bambine. Le lasci perdere. Qui suo marito non vuole darle soldi e vuole la casa di via dei Tre Orologi. E vuole colpirla. Tutto questo è fumo. Lei deve stare tranquilla. Questi sono strilli, e nient'altro.»

Andrea ebbe la sensazione di non esserci riuscito proprio bene a tranquillizzarla, anzi.

Gli occhi di Fiammetta si tuffarono nei suoi: «Avvocato, si ricordi, sono pronta a tutto, ma non a perdere le bambine». E in quel momento ebbe la sensazione che la serenità di quella donna dipendeva da lui. Solo da lui.

27

Elena quella mattina aveva sonno. Era stata a cena da amici, la sera prima, e aveva fatto tardi. Senza motivo, poi. Anzi, un motivo c'era. L'invito era per le ventuno e trenta, cena placée. Uno degli ospiti, però, Vittorio Cadini, si era presentato con mezz'ora di ritardo. Per questo era ormai mezzanotte quando la padrona di casa aveva fatto cenno a tutti quanti di trasferirsi in salone "per due chiacchiere comode sul divano e un caffè".

La cena era stata organizzata, nemmeno troppo a sua insaputa, per presentarle proprio Vittorio, dentista, quarantenne, manco a dirlo separato, ma senza figli.

Quel "ma senza figli" va sottolineato, perché ha una sua importanza. Quando uno si separa a quarant'anni, con prole, una famiglia ce l'ha e gli rimane. Scompare, più meno, dai suoi occhi la ex moglie, o l'ex marito, ma quel gruppetto di persone, da un minimo di uno a un massimo indefinito che fisseremo, per prudenza, a tre, resterà la *sua* famiglia.

Quando uno si separa "senza figli", invece, aveva una moglie, o un marito, che ora non ha più, e aveva qualcosa che chiamava, forse impropriamente, famiglia. Ma, di certo, adesso che si è separato, una famiglia non ce l'ha. Questo aspetto non è di poco conto, perché sta a significare che il nostro uomo, o donna, è più disponibile e pronto a farsi, o rifarsi se preferite, una famiglia. Spesso accettando di prendere il pacchetto completo, cioè donna separata o uomo separato, con figlio o figli a carico.

Dopo questa dovuta premessa possiamo leggere il biglietto che accompagnava il mazzo di rose, esageratamente voluminoso, fatto recapitare dal dottor Cadini a Elena, che non erano ancora le nove e mezzo:

"Ieri sera il cielo si è illuminato di un'altra stella, la più luminosa e splendente. Io voglio solo guardare quella stella brillare."

Sarà stata l'ora, ma Elena si vide costretta a rileggere un paio di volte quel biglietto. Non le era chiara, infatti, la differenza che passa tra una stella che è luminosa da una stella che è splendente. E, soprattutto, per quale ragione il dottor Cadini avesse orchestrato tutto quel movimento di fiori e versi poetici, per concludere dicendo che gli bastava stare lì a guardarla, manco fosse diventata un ologramma.

Fece colazione e poi, con calma, chiamò la padrona di casa della sera precedente, che era una sua buona conoscente più che un'amica.

«Paola, sono Elena. Stamattina sono arrivati prima i fiori del dottor Cadini che la sveglia.»

«Ah. Che carino Vittorio. Hai visto che carino? Proprio carino. Bei fiori? Ti sono piaciuti?»

«I fiori sì, bellissimi. Lui certamente molto carino. Ti chiamavo, infatti, per chiederti il numero perché devo ringraziarlo.»

«Lo sapevo, lo sapevo che vi sareste piaciuti. Non sai quanto sono contenta. Proprio contenta», praticamente già dandoli per sposati.

Elena, però, stava per riderle in faccia. Gli aggettivi che aveva usato erano per i fiori e per il gesto di averglieli mandati, non per Vittorio, a cui, comunque, doveva inviare i suoi ringraziamenti.

«Certo» proseguì Paola, «non trovi che sia un tipo interessante? Ieri ha tenuto banco tutta la serata. E non ha dato il meglio di sé. Poi, pensa che lui fuma anche il sigaro. Solo che a casa nostra, sai, con i bambini, non l'ha potuto far vedere.»

Elena non sapeva se ridere o attaccare il telefono. Si decise per un comportamento dignitoso e distaccato, non offensivo. Del resto, Paola era stata comunque gentile a organizzare quella cena per lei.

«Certo, questa del sigaro è una circostanza decisiva. Però, devo dirti che non è che mi sia piaciuto proprio così tanto.»

«Ma perché l'hai conosciuto poco» replicò Paola, sempre convinta che erano già pazzi l'una dell'altro. «Devi sapere che lui, poi, sta proprio cercando una ragazza per fidanzarsi, per costruirsi una famiglia», e mise così la parola fine a ogni discussione, perché che mai vai cercando di meglio di uno che fuma il sigaro e che vuole rifarsi una famiglia?

«Capisco» rispose Elena, a quel punto un po' innervosita, perché che vuoi dire a una che vuole farti sposare con uno che non va fatto scappare perché fuma il sigaro?

«Vabbè, dài. Ti mando il suo numero. Chiamalo, che gli farà piacere» concluse Paola, un po' infastidita, a sua volta, da quella separata che faceva finta di non capire la fortuna che le era capitata per le mani.

Il problema, quando ti separi, è proprio questo. Che tutti, amici, conoscenti, gente che incontri al semaforo, pensano che tu debba immediatamente trovare qualcuno. Se poi sei una donna, anche di corsa. E tutto è finalizzato a combinare il nuovo fidanzamento, con una facilità che lascia spiazzati. Sembra quasi che chi è separato sia una persona che, poverina, adesso ci pensiamo noi. E questo atteggiamento è lo stesso che autorizza chiunque a proporsi, alla separata di turno, come il nuovo compagno, il nuovo padre dei suoi figli, l'uomo con cui costruire, da domani, una nuova famiglia.

Elena, prima che ufficializzasse la sua storia con Piero, non aveva più contato quelli che, dopo solo un caffè all'Hungaria alle tre del pomeriggio, si erano detti pronti a fare un figlio con lei, a comprare una casa per stare tutti insieme, a voler essere, per Michele, la figura maschile di riferimento, che un bambino ha bisogno di un uomo che giri per casa in mutande. E, in questa banalizzazione dei rapporti umani e sentimentali, alla chi c'è c'è, Elena non ci si ritrovava. Però la divertiva che si vivesse in questa sorta di ufficio di collocamento praticamente sempre aperto, in cui ciascuno assumeva un ruolo, a cui teneva molto, per poi poter dire: "Li ho fatti conoscere io", oppure: "Mi faceva così tenerezza, e c'ho pensato io a trovarle quello giusto, che mica poteva restare così, da sola", e altre amenità del genere.

La voglia di assumere il ruolo del "mediatore", però, nascondeva dell'altro, ed Elena se ne rendeva conto. Questa necessità di collocare ogni cosa nella casella giusta, di dare ordine, era per lei direttamente legata al disagio procurato dal vedere qualcuno navigare da solo, nella vita, senza poter essere etichettato. Al turbamento che produce l'assenza di uno stato civile formalmente riconosciuto. Ognuno può essere o celibe, o nubile, o coniugato. Ma non separato. Il separato, che una qualche forma di famiglia ce l'ha, e che non rincorre una nuova collocazione, crea scompiglio. Crea il caos. È una mina vagante che chi ha paura che la vita gli mescoli le carte non può accettare. Da qui la necessità di rimetterlo subito in ordine. Perché un separato, agli occhi di chi non lo è, è qualcosa di irrisolto, a cui bisogna trovare al più presto una soluzione. E la soluzione, per quelli che separati non sono, è farlo tornare, quanto prima, a essere come loro. O qualcosa che a loro si avvicini.

Elena prese il telefono e aspettò che arrivasse il messaggio dell'amica. Poi compose il seguente testo che inviò, per sms, a Vittorio:

> Grazie per gli splendidi fiori. Sei stato molto carino e galante a inviarmeli. Paola mi ha detto che stai cercando una fidanzata e che vuoi mettere su famiglia. Vedo che posso fare. Spargo la voce in giro.

Quel giorno il dottor Cadini non andò in studio.

28

Quando la primavera arriva, a Roma, non vorresti vivere in nessun altro posto. È l'aria che diventa qualcosa che non si può spiegare. Sembra quasi che ti venga a prendere fin dentro casa, e ti porti fuori, perché che ci stai a fare lì, al chiuso.

A questo pensava Andrea mentre passeggiava sotto il suo studio, dopo il caffè, mangiando un gelato preso da Antonini. Alle quattro aveva appuntamento con Fiammetta. Il giorno dopo si sarebbe tenuta la sua udienza. Era bene che la preparassero con cura. Andrea sapeva che, in questi casi, spesso il ruolo dell'avvocato è secondario. Il giudice sente prima separatamente i coniugi – chi ha presentato il ricorso e chi l'ha ricevuto – in assenza degli avvocati, e poi tutti assieme. Ma, a quel punto, spesso la partita è già giocata.

Lui, dal canto suo, era tranquillo. Aveva scritto una buona memoria, sapeva quello che doveva dire. Non si aspettava particolari colpi di scena. Aveva solo paura che Fiammetta non facesse una buona impressione al giudice. E che il giudice non si fosse letto gli atti, con tutte le cause che ogni giorno aveva davanti.

L'unica cosa della memoria avversaria che preoccupava Andrea, ma lo preoccupava poco, in verità, era l'aspetto economico. La controparte aveva spinto abbastanza l'acceleratore sulla capacità reddituale di Fiammetta, sul suo ruolo nel giornale. Aveva prodotto una rassegna stampa delle inchieste che l'avevano vista protagonista e degli articoli di settore che iniziavano a parlare di lei come di una firma in ascesa nel panorama del giornalismo. Ovviamente, nemmeno mezza parola sui soldi del marito, ma questa donna descritta come ricca e, ormai, in qualche modo potente, non poteva immaginare di lasciare a un marito, più anziano di lei, e di molto, peraltro senza soldi, con già un'altra famiglia a carico, l'onere di crescere due figlie. Era andato in tribunale a fare copia dei documenti che avevano depositato. Era chiaro dove volevano andare a parare. Andrea se l'aspettava. Avevano avuto il buon gusto di non chiedere che il marito venisse mantenuto da Fiammetta, ma poco ci mancava. Sapevano bene che Andrea avrebbe depositato le denunce dei redditi di Fiammetta degli ultimi tre anni, denunce che avrebbero detto la verità sui suoi introiti, mentre il signor Grava aveva depositato delle denunce che dicevano solo bugie. A ogni buon conto, sapeva perfettamente che la questione economica era per l'avvocato avversario un terreno scivoloso, da cui tenersi alla larga. E che, quindi, tutta l'udienza si sarebbe tenuta su altre questioni. Soprattutto sulle bambine.

Fiammetta arrivò, come al solito, puntuale. «Avvocato, eccoci qui.» Gli stampò un sorriso grande.

«Ci siamo» le disse, tentando di ricambiare con un sorriso che ricordasse l'intensità del suo. Ma senza riuscirci.

La fece sedere nella sua stanza, al tavolo. Si sedette accanto a lei, e non dietro la scrivania, come avrebbe dovuto. Cercò di farla sentire a suo agio. Cercò, soprattutto, di trasmetterle la sensazione che il dialogo che stavano per avere sarebbe stato esattamente quello che avrebbe dovuto affrontare l'indomani e che, quindi, non c'era da aver paura.

Lei aveva la schiena ben incollata alla spalliera della sedia, le gambe incrociate. Lo sguardo fisso su di lui.

«Signora, domani calma. Entrerà da sola nella stanza del giudice, dopo che questi avrà parlato con suo marito. Il giudice probabilmente non avrà letto le carte, quindi avrà in testa la versione ascoltata appena qualche istante prima. Proverà a capire se quella versione è vera o meno già guardando lei negli occhi. Quindi si faccia vedere serena, preoccupata dalla situazione ma non dalla possibilità che qualcuno possa mettere in dubbio la sua verità, che è l'unica verità. Risponda con calma, non si mostri aggressiva. Altrimenti finirebbe per confermare, nell'immaginario del giudice, quello che suo marito, infondatamente, sostiene, e cioè che lei sarebbe una pazza che avrebbe reso impossibile la vita matrimoniale. Vada subito al punto, non ci giri intorno. Dia per scontato che lei è la madre, e che le figlie è ovvio che resteranno a vivere con lei, nella casa di via dei Tre Orologi. Che suo marito sta montando tutto questo solo per i soldi e per la casa. Che poi è la verità, lo sappiamo. E che lei vuole, anzi pretende, che il padre stia più tempo possibile con le bambine, che le veda quando e come vuole, perché le figlie hanno il diritto di costruire un rapporto con lui. Anche se è ben cosciente che, passata la vicenda della separazione, il padre queste figlie non le vedrà mai, perché le sta utilizzando come strumento per vincere la causa.»

«Mi è tutto chiaro. Saprò essere convincente. Saprò, soprattutto, dire la semplice verità, e basterà quella.»

Avrebbe voluto dirle "magari", ma non voleva crearle qualche titubanza. Fiammetta lo guardò con il suo solito sguardo, dritto, deciso. «Avvocato, sarò brava, non si preoccupi. Sarò brava.»

Ad Andrea si strinse un po' il cuore. Avrebbe voluto vincerla lì, in quel momento, quella causa. Per lei. Avrebbe voluto dirle la stessa cosa: "Sì, sarò bravo anch'io, per lei". Ma non disse nulla. Si accorse che voleva semplicemente che non se andasse, che restasse con lui, tutto qui. Provò a mantenere la conversazione viva per alcuni minuti, solo per il piacere di sentire la sua voce, sentire il suo profumo. Averla ancora tutta per lui. Durò poco. Si sentì a disagio. Aveva paura che trasparisse la vera finalità di quelle ultime parole, così poco importanti per la causa.

«Ora possiamo andare» disse, quasi volendo mettere un sigillo formale alla conversazione che fino a quel momento c'era stata, a voler dire che tutto quello che si erano detti riguardava solo la causa, esclusivamente la causa. L'accompagnò alla porta. Lasciò che salisse sull'ascensore. Cercò, inavvertitamente, il suo sguardo. Lo trovò. Poi ritornò nella sua stanza. Era piena del profumo di Fiammetta. Aveva voglia di correre e andare a riaprire la porta di quell'ascensore.

29

La mattina dopo, alle dieci e mezzo, Andrea aveva appuntamento con Fiammetta, per poi andare insieme in tribunale. L'udienza era alle undici. Quando arrivò, Fiammetta lo stava già aspettando. In piedi, immobile. Lo guardò con occhi che ancora oggi Andrea non saprebbe dire. Ripeterono la lezione di quello che avrebbe dovuto riferire al giudice e arrivarono in tribunale.

Attraversarono il cortile interno, ed entrarono nella zona riservata alle aule "Separazioni e Divorzi". Si salgono delle scalette che immettono, scendendo poi pochi gradini, in uno stanzone che funge da sala d'aspetto. Lì, la tensione si taglia a fette. Leggi negli sguardi della gente il dolore di una sconfitta, o la liberazione da una scelta sbagliata. Leggi il percorso, magari breve, di una vita. Leggi, comunque, di un errore, che è stato quello di fidarsi di chi non ti ama più, o di essersi legati a chi si vorrebbe vedere lontano chilometri dalla propria vita. Leggi, soprattutto, un grosso imbarazzo e dispiacere, a trovarsi lì, a dover ammettere di stare lì, io che mai avrei pensato di arrivare a tanto. Per quanto uno possa farci il callo, entrare lì dentro ogni volta colpisce.

Fecero pochi passi. Fiammetta era accanto a lui. Andrea incrociò subito lo sguardo dell'avvocato avversario, con cui scambiò ampi sorrisi e un saluto apparentemente cordiale. Fiammetta e il marito si ignorarono del tutto.

Arrivò il loro turno. Entrò nella stanza del giudice, da solo, il marito di Fiammetta. Ci restò una buona mezz'ora. Poi toccò a lei. Non più di dieci minuti. Si aprì la porta, il giudice fece entrare le parti e gli avvocati. Si sedettero tutti e quattro.

Il legale avversario fu subito abilissimo. «Giudice, qui abbiamo un problema urgente, che sono le bambine. È inutile parlare d'altro, inutile. Affrontiamo e risolviamo subito questo punto. Lasciando, ovviamente, a un secondo momento questioni davvero poco importanti, come quelle economiche, le sole che, mi spiace doverlo dire, stiano a cuore alla signora.» Aveva giocato di fioretto e di sciabola.

Andrea prese immediatamente la parola, senza lasciare che il giudice intervenisse: «Non c'è nessun problema che riguardi le bambine. Le stanno utilizzando per alzare una cortina di fumo per evitare che si parli delle questioni economiche, che è la sola cosa che interessa e preoccupa, e a ragione, il signore, che è ricchissimo e non vuole dare un euro alla moglie, né per lei né per le figlie. Ciò detto, siamo qui, ed è bene parlare di tutte le questioni che ci riguardano».

L'avvocato avversario non perse tempo e replicò. Non voleva che la discussione scendesse su un piano di normalità, che l'udienza, in sostanza, si tenesse. «Giudice, in tanti anni di carriera io non ho mai incontrato una donna così disturbata e manipolatrice.» Dando una gioia al suo cliente di quelle che, poi, pagherebbe il suo avvocato solo per questo.

Andrea scattò come una furia: «In tanti anni di carriera non ho mai incontrato un avvocato che offende, senza ragione, la controparte piuttosto che esprimere un concetto giuridico. Giudice, la prego di voler verbalizzare quanto riferito adesso dal collega e di trasferire gli atti al Consiglio dell'Ordine per i provvedimenti di competenza». Fu la rissa.

Andrea sbagliò, e sbagliò di grosso. Era quello che l'avvocato avversario voleva. Voleva che il giudice non ascoltasse le argomentazioni di Andrea. Le ragioni di Fiammetta. Non voleva dargli modo di poterle illustrare. E ci riuscì. A quel punto il giudice zittì tutti alzando la voce e adottò, così, su due piedi, il proprio provvedimento: la casa alla madre; le figlie con la madre; un contributo mensile per il mantenimento di moglie e figlie di quattromila euro; il padre avrebbe avuto con sé le bambine ogni fine settimana alternato – dal venerdì dall'uscita di scuola, al lunedì mattina, quando le avrebbe accompagnate a scuola – e ogni martedì pomeriggio, dalle quattro alle nove, con l'obbligo di riportarle a casa già "cenate". Per le vacanze estive, trenta giorni ciascuno, da dividersi nei mesi di luglio e agosto d'intesa tra i genitori da raggiungersi entro il 30 aprile di ogni anno. Vacanze di Natale e Pasqua alternate di anno in anno.

Uscirono da quell'aula con l'avvocato avversario che già si era dimenticato, come era giusto che fosse, dello scontro verbale che avevano avuto qualche attimo prima, e che salutò Andrea cordialmente. Andrea, invece, ma poi perché?, uscì dall'aula con un senso di ingiustizia che lo pervadeva. Con la rabbia di non essere stato capace di difendere Fiammetta, di difendere *lei* da tutti quegli attacchi, da quelle offese. Per non essere riuscito a dire, a urlare, che quel marito era un mascalzone e Fiammetta no, era eccezionale, dicendo la verità, contro la menzogna. Ma perché? Il giudice aveva deciso come Andrea si aspettava. Aveva deciso il giusto. Quello che non fa contento nessuno, ma che dà una regola, il più possibile equa, tra due che vorrebbero solo litigare in eterno.

Non ebbe il coraggio di guardare Fiammetta negli occhi. Lei non lo guardò. Si salutarono frettolosamente. Quasi freddamente. Tornò in studio. Si chiuse in stanza. Non la sentì per il resto della giornata.

Quella sera non tornò a casa per cena. Disse a Beatrice che aveva molto da lavorare e che avrebbe fatto tardi. E fece tardi.

Prima se ne andò a mangiare da Moschino, alla Garbatella. Polpette di vitello, come le faceva la nonna, con quello stesso sapore, e fagiolini all'agro. Poi prese la Vespa e si mise a girare, così, a vuoto. Carmina Burana, Police, Genesis, Pink Floyd, tanto Ligabue. Dentro una rabbia che lo divorava. Marina Rei che cantava: "E bere il sangue del nemico solo per gustarne la diversità". Ma sentiva che il nemico, il suo nemico, in quel momento, era lui stesso. E quella diversità faceva paura.

Non voleva vedere né sentire nessuno.

Soprattutto, non voleva sentire se stesso.

30

Erano passati tre giorni dall'udienza. Aveva un altro appuntamento in studio con Fiammetta. Lei gli avrebbe dovuto parlare della gestione delle figlie, che si stava facendo sempre più complicata. Voleva sapere come muoversi, con quel marito che non faceva altro che ostacolarla su tutto, tritando la loro tranquillità.

Aprì la porta della sala riunioni. Fiammetta era di fronte a lui, non saranno stati più di due metri. Per Andrea, in quel momento, coprire quella distanza che li divideva fu come attraversare un confine. Era come se stesse per rompere una bolla trasparente che aveva incollata addosso, e che aveva imprigionato la sua anima dentro la vita che viveva. Poteva vedere che la felicità era al di là della bolla, ma non poteva toccarla, perché era prigioniero.

Fece per stringerle la mano. Lei si avvicinò. Si avvicinò troppo. La strinse. Fu un attimo. Le loro labbra. La strinse ancora di più. Quel suo corpo elastico, sensuale, quei suoi seni grandi, morbidi. Addosso a lui. Al suo petto. E poi inguine contro inguine. Era oltre. In quell'istante, in quel preciso istante si rese conto che una fase della sua vita si era conclusa, che ne stava per iniziare un'altra. Ed ebbe una strana sensazione, di paura. Di quella paura che senti quando ti accorgi che forse sarai felice. E la felicità terrorizza, perché nel momento stesso in cui senti di averla, già sai che non sarà per sempre. Aveva rotto la bolla, era uscito dall'involucro.

Disse a Fiammetta: «Andiamo». Aveva con sé le chiavi di casa di Guido, da sempre. Guido gli aveva detto: "La sera, fino alle otto, sappi che a casa mia puoi andare quando vuoi". In realtà quelle chiavi gliele aveva date perché si sentiva più sicuro a sapere che Andrea ne aveva un paio, che nella vita non si sa mai. Fiammetta non lo guardò nemmeno. Gli disse solo: «Sì».

Scapparono dallo studio, presero la Vespa. Lungotevere, e poi via Dandolo, fino a Monteverde, in una bellissima palazzina di tre piani in via Poerio. Entrarono in casa. Non guardarono nulla. Entrando, sulla destra nel salone ampio, c'era un grande divano, di quelli che ci si può stare seduti con le gambe distese.

Prese per mano Fiammetta, la condusse verso il divano e lasciò che si sdraiasse. Era bellissima. Bellissima. Bellissima, come era sempre stata ai suoi occhi, nei suoi pensieri. Andrea si spogliò in un attimo di fronte a lei. Non voleva più che nemmeno per un secondo ci fosse qualcosa tra di loro, fosse anche solo una camicia, un qualunque tessuto. Niente. Poi la spogliò lentamente. Provò tenerezza quando la vide con quella meravigliosa biancheria intima, pensando a quando, appena qualche ora prima, si era vestita, scegliendo di farsi bella, dopo quei mesi così difficili e duri. Aveva delle autoreggenti color carne, leggerissime, impalpabili, e un paio di décolleté con un tacco giusto per essere pomeriggio. Che non voleva togliersi. Mentre lui adorava l'idea di poterla vedere, baciare, mangiare. Le spostò il perizoma, senza sfilarlo. Si abbassò su di lei. Le passò la lingua dovunque. E dovunque aveva un odore buono. La sentiva lentamente abbandonarsi. La sentiva lasciarsi andare, come se stesse provando a fidarsi.

Si stese sopra di lei. In un attimo era dentro di lei.

In un attimo era totalmente dentro di lei. Incollarono i loro visi. Si fissavano senza dire nulla. Occhi negli occhi. Non parole, ma le emozioni delle loro vite che attraversavano i loro sguardi per diventare una cosa sola, che apparteneva a entrambi. Amore, e amore, e fiducia nell'altro, e pelle incollata a pelle. E il suo respiro sempre più libero, più caldo nella bocca di Andrea. Le sue mani a percorrergli la schiena, a cercargli la testa, la faccia, a disegnarne i contorni. Lei lo tirava a sé, come se volesse che il suo corpo, tutto, la compenetrasse. Che fosse impossibile distinguere dove finiva il suo seno e iniziava il suo petto, dove le loro gambe, dove i loro visi. Una sola bocca, un solo naso, una sola anima.

Fiammetta venne senza dire nulla, incrociando il suo sguardo, abbandonandosi. Andrea, in quel momento, si mise in ginocchio di fronte a lei. Le prese le caviglie. Tenne le sue gambe larghe e alte di fronte a lui. E continuò ad amarla, con sempre più forza. Erano incollati, incollati. Andrea si abbandonò, e si mise a nudo.

Si staccarono quando capirono che erano quasi le otto. Senza dirsi nulla.

Senza dirsi nulla di nulla. Perché nulla c'era da dire. Erano una cosa sola.

Quel giorno, Andrea pensò che si erano limitati a incollare due parti dello stesso sogno, che si inseguivano da sempre.

Si sbagliava.

31

Andrea si sedette alla sua scrivania. Si girò con la sedia, così da mettersi di fronte al computer. Aprì le ultime notizie del "Corriere" e guardò un po' di mail. Si girò verso le carte che stavano sul suo tavolo e le spostò. Così, da destra a sinistra. E da sinistra a destra. Poi prese l'iPad e aprì "Il Messaggero", che ormai era la prima lettura di ogni mattina, per vedere se, da qualche parte, ci fosse la firma di Fiammetta. Sentì bussare alla porta. Era Monica. «Andrea, ho qui la stampa delle scadenze. Te l'avevo già data lunedì scorso. Abbiamo una settimana piena. Ti ricordi, soprattutto, che domani scade a Torino il deposito della conclusionale dei medici?» Andrea, che fino alla parola medici sembrava immerso in una specie di oblio, si svegliò di colpo: «Come scade domani? Ma domani domani?».

«Sì Andrea, domani domani» rispose Monica, senza lasciare spazio a ulteriori tentennamenti. C'era da mettersi a lavorare subito. «Ho sentito il domiciliatario: aspetta la conclusionale per stasera, perché domattina non passerà per lo studio e andrà diretto in tribunale.» Andrea voleva scoppiare a piangere. Erano le dieci di mattina. Si era organizzato la giornata per dettare un po' di fax a Simona, poi due o tre telefonate. Un'oretta di iPad, a leggersi i giornali. E il pomeriggio avrebbe sbrigato qualcosa, che sarebbe venuto certamente fuori. Ma mettersi adesso a scrivere una comparsa conclusionale di una causa che durava da anni, con mille questioni da affrontare, con le consulenze da esaminare, voleva dire lavorare a testa bassa per ore. Con due pause. Ma piccole.

Non ebbe il tempo di dire nulla a Monica. Smaltì la delusione tra sé e sé. Come quando, da ragazzino, ti facevano rientrare in casa, perché c'era da fare i compiti, e tu già pensavi di restare in strada a giocare. E capivi, in quel momento, che il dramma non era tanto non poter giocare ora, ma non poter giocare oggi, perché dopo i compiti la giornata sarebbe finita, e quindi a letto, e se ne sarebbe riparlato domani. E l'angoscia era proprio quella. Come un senso di speranza spenta. Di sabato del villaggio che ti accorgi che ti sei sbagliato, che è domenica, e domani è lunedì.

«Simona, può venire da me per favore?» Si alzò e si mise in piedi dietro il suo tavolo. Aspettò che Simona entrasse, blocco per scrivere in mano. «Simona, prendiamoci un'oretta, poi mi devo chiudere via per fare la comparsa dei medici. Allora, mi porti la loro pratica, e mi porti le pratiche che dobbiamo fatturare, quelle che le ho detto settimana scorsa. Si ricordi di controllare il sito del tribunale, e mi faccia sapere se hanno emesso la decisione per la vicenda dello smaltimento. Dovremmo vincere. E lì di corsa dovremo fare copie della sentenza, perché abbiamo da fatturare tanto. Le notifiche dei precetti sono tornate? Si appunti pure queste, perché sono soldi che dobbiamo avere noi, non i clienti. Mi raccomando.» Simona annuiva con la testa. Disse: «Se è tutto, mi metto in moto». Andrea non sopportava di farsi vedere distratto. Voleva dare sempre la sensazione, in studio, che lui avesse gli occhi anche dietro la nuca. Che si ricordasse e avesse presente anche quello che doveva arrivare per posta domani, non solo quello che era già successo. Ma lo sentiva che aveva poca testa.

Simona tornò, e portò i fascicoli che Andrea aveva chiesto. Gli disse che la decisione che aspettava non era stata emessa, che i precetti non erano ancora tornati. E Andrea fu contento, perché non voleva impegnarsi su altro.

Aprì il fascicolo dei medici. Tirò fuori le cartelle che contenevano gli atti di causa, quella dei verbali d'udienza e quella dove c'era la consulenza tecnica d'ufficio. La cartella con la massa dei documenti la lasciò stare, tanto si ricordava che erano stati esaminati, e bene, dal consulente nominato dal giudice e non aveva certo necessità, ma soprattutto voglia, di andarseli a guardare.

La vicenda per lui era chiara. Un tizio aveva fatto causa ai medici e all'ospedale, perché sosteneva di essere stato infettato, contraendo l'epatite C, dopo una trasfusione in sala operatoria. Il consulente nominato dal giudice aveva dimostrato che l'epatite molto probabilmente era stata contratta successivamente all'operazione, per cause diverse, e che comunque era impossibile stabilire, con una qualche probabilità, che la trasfusione fosse stata causa dell'infezione.

Iniziò a scrivere. Per buona metà era tutto un taglia e copia degli atti di causa precedenti. Un avvocato lo sa che è fondamentale, prima di buttarsi a scrivere un atto, impostarlo già graficamente. Se tu, davanti al computer, hai un atto in cui la premessa, il fatto e le conclusioni sono già pronte, in cui ti rendi conto che devi inserire, magari sviluppandoli bene, alcuni motivi che hai già scritto oppure accennato in precedenza da qualche parte, c'è da chiamare casa e dire di fare festa.

E Andrea così fece. Sistemò l'intestazione, la premessa, le conclusioni. Poi si mise a sviluppare i motivi di rigetto delle domande che aveva proposto la controparte. Aveva iniziato che era quasi mezzogiorno. Alle cinque aveva finito. Soddisfatto per aver compiuto il proprio dovere, in un mestiere che è fatto di scadenze, che, prima di ogni altra cosa, vanno rispettate. E quando le rispetti hai fatto già la cosa principale che si chiede a un avvocato: l'ordine. A lui avevano insegnato che la cosa più importante, in questo mestiere, è informare sempre il cliente, e farlo un attimo prima che quello senta la necessità di chiamarti per sapere a che punto è la sua pratica. Così avrà la percezione di essere ben assistito, e pagherà più volentieri quello che penserà essere un bravo avvocato. Ciò che fa un bravo avvocato è l'essere ordinato, non l'essere un genio. La sregolatezza non è di questo mestiere.

Chiamò Monica: «Ho finito, vuoi dargli uno sguardo o mando per mail al corrispondente?».

«No, no, mi fido» gli rispose Monica sorridendo.

Andrea riattaccò e scrisse subito la mail: "Caro Collega, in allegato Ti invio comparsa conclusionale, che Ti prego di stampare e di depositare entro domattina, termine ultimo di scadenza, dopo aver apposta la Tua sottoscrizione. Resto in attesa di ricevere copia delle comparse avversarie, così da redigere e inviarTi, nei termini, memoria di replica. Con i migliori saluti".

Spedì la mail. Si alzò. Uscì dalla stanza. Raggiunse la reception. «Simona, io scendo un attimo a fare due passi e risalgo tra una mezz'ora. Chiami il domiciliatario di Torino e gli chieda se gli è arrivata la mia mail con la conclusionale e di darci conferma, sempre per mail, della ricezione, che stampiamo e mettiamo nella pratica.» Scese in strada. L'aria gli svegliò il viso. Attraversò ed entrò da Antonini. I cornetti erano finiti. Si accontentò di un cappuccino. Mentre beveva, si ritrovò a pensare all'infettato, a come aspettasse quella sentenza. E a Fiammetta. E ai medici, e a come aspettassero quella sentenza. E a Fiammetta. Che intanto, oggi, non s'era fatta sentire.

32

Erano passati cinque giorni da quando era stato con Fiammetta. Da allora, più vista né sentita. L'aveva cercata, più volte. Ma nulla. Non ci voleva un genio per capire che qualcosa non andava. Era in studio. Squillò il telefono interno. «Avvocato, posso venire da lei con la posta?» La voce di Simona lo richiamava all'ordine, strappandolo dai suoi pensieri. Era tentato di rispondere no, facciamo dopo, accampando una qualche scusa, ma si rese conto che erano cinque giorni che sfuggiva al lavoro, alle responsabilità. In testa aveva solo Fiammetta. «Avvocato, le comunicazioni per la contabilità le ho girate a Valeria. Poi, semmai, le vede con lei. Ho qui un po' di lettere di corrispondenti e poi questa, che ha portato cinque minuti fa un pony, ma non c'è il mittente.»

Ad Andrea cadde subito lo sguardo su quella busta. La grafia era, per lui, inconfondibile. Era di Fiammetta. Prese la busta. Disse a Simona: «Mi dia due minuti, leggo questa e poi vediamo il resto».

Lasciò che Simona uscisse dalla stanza e chiudesse la porta. Avrebbe voluto spingerla via per la fretta che aveva di aprire e leggere. Strappò con un gesto nervoso la busta. Aprì quel foglio bianco.

Caro Andrea,

quando leggerai questa lettera, sarà già qualche giorno che non ci sentiamo più. Te la sto scrivendo adesso, a casa, con le bambine di là, che dormono. Noi ci siamo lasciati appena qualche ora fa. Qualche ora fa ero con te, a Monteverde. Che da oggi non sarà più, per me, solo un quartiere.

Sto pensando alla mia vita, a te, a questi mesi. E ho bisogno di fare ordine. Di eliminare quello che non voglio, e di cercare quello che voglio veramente.

Andrea, tu mi piaci, tanto, tantissimo. Te lo dico subito, perché sia chiaro. Mi hai tenuta per mano, in questi mesi, che nemmeno lo sai. Mi sono appoggiata a te. Perché sei una colonna. Sei l'uomo che ogni donna vorrebbe avere accanto. Sei forte. Non ti fai impaurire. Sai essere presente. Ascolti. Sei l'avvocato che ognuna sogna di avere quando sta nella situazione in cui sto io.

Ma non sei il padre delle mie figlie. Non sei l'uomo che ho sposato. Non sei la mia famiglia. Le bambine stanno di là. Dormono. E sognano, domattina, di svegliarsi e di vedere il padre qui, in casa, e noi tutti insieme. E io con loro. Perché ci sono donne che mettono al primo posto se stesse. E fanno bene. Forse. Un po' le invidio. Ma io non sono come loro. Io, al primo posto, metto la felicità delle mie figlie. E faccio fare un passo indietro alla mia vita. Rivoglio mio marito. Non per quello che è, ma per quello che significa per le nostre vite, per la mia e quella delle bambine.

Non mi cercare più. So che capirai, perché sei unico. Domani chiamerò in studio, e chiederò alla tua segretaria di mandarmi tutte le carte. Roma è piena di avvocati. Troverò qualcun altro che mi segua. Questo è sicuro. Come è sicuro che non sarà mai bravo quanto te.

Resterai sempre nella mia vita.

Fiammetta

Andrea rimase immobile. Voleva dire a se stesso che era giusto così. Voleva dire a se stesso tutta una serie di cose che, però, non gli venivano in mente. Voleva dire a se stesso, anch'io ho la mia famiglia. Pensò solo che non aveva più voglia di tornare a casa. Guardò la foto di Beatrice con i bambini.

Fu in quel momento che si ricordò di una storia, raccontatagli da un amico, che circolava nell'ambiente del cinema, una sorta di leggenda metropolitana. Sergio Leone stava girando un film in Spagna. Dovevano sbrigarsi a chiudere le riprese, perché bisognava montare il film in tempo per andare a Venezia. Lasciarono per ultima la scena di un ponte che, al passaggio di un treno, doveva saltare in aria. Impiegarono mesi a preparare la scena, sapendo che avevano un solo ciak a disposizione. Arrivò il giorno. Tutto era pronto. Leone diede ordine di partire con l'azione. Ma fu in quel momento, in quel preciso istante, che il ponte, per un errore dell'artificiere, saltò in aria un attimo prima del dovuto. Tutti immobili. Tutti fermi. Leone si girò verso il suo assistente di scena, Tonino Delli Colli, e gli disse: «Toni', te prego, dimme che avemo ripreso qualche cosa». E quello gli rispose: «A Se', non avemo ripreso gnente». Mesi di lavorazione persi, soldi persi, Venezia persa. «A Se', e mò che famo?» E Leone rispose: «Che famo, Toni'?... Famo pausa».

Aveva fatto centro. Non c'era da fare niente, niente. Doveva stare fermo. Doveva fare pausa.

33

Era passata più di una settimana da quando aveva letto quella lettera. Di Fiammetta, niente, più nessuna notizia. «Bea, una cortesia: devo inviarmi un testo per mail sul mio indirizzo di studio. Non riesco a collegarmi alla mia posta. Posso entrare nella tua e mandarlo da lì?»

Era domenica sera. Erano le sette. Beatrice era fuori con Laura e il piccoletto. Andrea a casa con Riccardo. Era la prima volta, in tanti anni che stavano insieme, che le faceva una richiesta del genere. «Sì, sì, certo che puoi. La password è Giamaica.» Non sapeva esattamente cosa. Forse un tentennamento nella voce. Non lo sapeva. Qualcosa gli era arrivato stonato.

Entrò nella posta. Spedì il file al proprio indirizzo. Poi mosse il cursore del mouse. Per uscire. La mano, però, gli rimase ferma. Il cuore iniziò a battere più forte. E fece qualcosa che non aveva mai fatto. Che ancora oggi si chiedeva se fosse stato giusto o meno, se non sarebbe stato meglio evitarlo. Iniziò a leggere tutta la posta di Beatrice. In entrata, in uscita, nel cestino. E trovò quello che cercava e sperava di non trovare. Lo trovò nascosto dietro mille messaggi insignificanti. Ci arrivò perché qua e là c'erano troppe parole, scritte alle sue amiche, che non lo convincevano.

"Andrea questa settimana non va a Milano... "; "Ci

vediamo da te alle nove. Spero, prima o dopo, di riuscire a vedere Giampiero...".

E poi, a Giampiero: "Ho voglia e fretta di vederti"; "Ci siamo trovati. Noi. Ti amo".

Prese il telefono. Chiamò Beatrice. Le disse così, semplicemente, diretto: «Bea, chi è Giampiero?».

Beatrice si sentì morire, nel momento stesso in cui, però, un senso di liberazione la riempiva. «Oddio no, Andrea no».

«Da quanto va avanti?»

«Da un po'. Ti prego, non davanti ai bambini.» Andrea non disse più una parola, non fece più alcun gesto. Non c'era nulla da dire, né da fare. Chiamò Riccardo. Lo strinse forte e scoppiò a piangere. E il bambino con lui, senza sapere perché, solo perché vedeva il padre piangere. E lì capì che ai figli, ai bambini, non bisogna mai chiedere nulla, perché il dolore che trasferirai loro, il senso di disagio che gli incollerai alla pelle, sarà un peso troppo grande che non ti perdonerai mai di avergli accollato. Ma purtroppo quello fece. E indietro non si può tornare.

Aspettò che Beatrice arrivasse a casa. Nel frattempo aveva rintracciato Loida, la loro cameriera, chiedendole di venire immediatamente per stare con i bambini. Quando Beatrice arrivò, non la fece nemmeno entrare. La portò di nuovo in macchina, e iniziarono a discutere.

«Dimmi chi è questo, dimmi da quanto va avanti questa storia.»

«Ti prego, Andrea, restiamo calmi. Ti dico tutto, ma restiamo calmi.»

«Sono calmo, ma parla.»

«Questo Giampiero è un amico di Cristiana. Ci siamo conosciuti sei mesi fa. Va avanti da quattro mesi. Io però, Andrea, te lo devo dire...»

«Dimmi.»

«Io sono innamorata di Giampiero. Io questa storia

me la voglio vivere, che duri un giorno, un anno, tutta la vita.»

«Ma chi è questo? Ma che fa?»

«È un imprenditore.»

«Sì, ma chi è?»

«Un imprenditore. Un imprenditore nel settore agrituristico.»

«Un imprenditore nel settore agrituristico.»

«Sì. Un imprenditore nel settore agrituristico. Ma non è questo, Andrea. È che io e te, nel tempo, ci siamo troppo allontanati. Il matrimonio, come tutti i rapporti, va coltivato. Io, qui, a fare figli. Tu, chissà dove. Tu il Circolo, lo sport, la Roma. Io altro. Io a ballare, tu a casa. Non amo il Circolo, né lo sport, né il calcio. Io amo le serate a fare quattro chiacchiere, con i miei amici di sempre. Tu, i tuoi amici di sempre, non ce li hai. E sai perché? Perché te ne vergogni. Perché tu, se ne incontri uno, ci devi parlare in romanesco, e pure con concetti facili, che, altrimenti, non ti capisce. E mi hai sposata perché ero la moglie perfetta nell'idea di matrimonio che avevi in testa. Ma a te, la parte di me che io più amo, a te non piace. A te l'idea di un picnic a Villa Pamphilj fa tristezza, a me no. A te l'idea di andare a fare una vacanza buttati sulla spiaggia in Giamaica fa schifo, a me no. Per me queste cose sono il massimo. Per te il lavoro, e i soldi, e il tuo riscatto sociale. Io non mi devo riscattare da nulla. Io sto bene come sto, che è esattamente come stavo a sedici anni. Sono rimasta quella. Tu, guardati allo specchio, e dimmi se sei rimasto lo stesso che eri quand'eri ragazzino.»

«Tu, a sedici anni, andavi a New York con i tuoi. Io, con la nonna ai Pratoni del Vivaro. A fare lo stesso picnic che tu vorresti farmi fare oggi a Villa Pamphilj. Io, buttato sulla spiaggia c'andavo ai Cancelli a Ostia. Che non c'è differenza a stare buttati in Giamaica. Io voglio di più di quello che ho avuto, perché quello che avevo era troppo poco. Era una vita troppo povera, ma dentro. Non esisteva nulla. La prima volta che portai un libro a casa per leggerlo la sera, mio nonno pensò che fossi frocio. Tanto per farti capire. Quindi, quando parli con me, pensa ai chilometri che ho fatto. Non è vero che non voglio il pic nic a Villa Pamphilj. Io non voglio tornare indietro. Tutto qui. E se oggi fai questa vita, e se la fanno i nostri figli, è perché io mi spezzo in due. Altro che Giamaica.»

«Siamo troppo diversi, Andrea, troppo diversi. Dovevamo accorgercene subito. Ormai è troppo tardi per rimediare.»

Non c'era altro da dire. «Non farò mancare nulla né a te né ai bambini. Me ne vado stasera stessa. Non metterò mai più piede in casa.»

E così fece.

34

Il primo mese non dormi. Ti svegli di colpo, appena hai chiuso gli occhi, come se ti risvegliassi da un incubo. I tuoi figli, la donna che ti era accanto fino a un nulla fa, non ci sono più nella *tua* casa. Tu vivi, sei da un'altra parte. La separazione, come la metti la metti, è un lutto. Ma un po' peggio. Perché nel lutto, devastante, c'è l'ineluttabilità. Nella separazione c'è, da qualche parte, la speranza che tutto possa tornare come prima, e la domanda – perenne, che ti rimbomba dentro, a te che ti sei appena separato e pensi che nulla sia lontanamente paragonabile al tuo dramma – a cui non sai dare risposta, è del perché tutto non possa tornare come prima. Ma prima quando, poi? Quando eravamo felici. Ma lo siamo mai stati, veramente? Domande a cui non sai dare risposta, appunto. E allora il dolore diviene ansia, e l'ansia inquietudine. E tutto questo, tutto insieme, rabbia.

Andrea non era immune da questo processo. Il problema, però, era che, come tutti, il ragionamento lo svolgeva a metà. Per lui era stato un colpo di scena. Prima Fiammetta. Poi scoprire di Beatrice. Era, nella sua testa, una separazione che aveva subito. Anzi, la scelta di Fiammetta, opposta a quella di Beatrice, lo confortava in questo. Almeno, così cercava di dire a se stesso.

Ma la realtà era ben altra. Era da tempo, da molto tempo, che Andrea se n'era andato dal suo matrimonio. Quando inizi a fare di tutto per tornare a casa sempre più tardi. Quando sei, nemmeno troppo velatamente, contento che tua moglie vada in vacanza. Quando non la cerchi più. Quando passi intere giornate senza, non dico farle una telefonata, ma nemmeno scriverle un messaggio. Be', allora significa che hai smesso di ragionare in due, e vivi da solo. Con una famiglia a carico. Tutto qui. Poi, quando tua moglie decide per te, non dovresti lamentarti, ma essere contento, perché quella separazione, anche se non l'hai decisa da solo, l'hai voluta, e tanto, anche tu.

Andrea si era trasferito in una casa in viale Bruno Buozzi, praticamente su piazza Pitagora. La casa era di Guido, che gliela aveva prestata a tempo indeterminato. Andrea si era preoccupato, da subito, di sistemarla per consentire ai figli di sentirla loro. L'errore, che fanno praticamente tutti i padri, è di ritenere che la casa possa essere a misura di bambino una volta che l'hai riempita di giocattoli e pupazzi vari. Non sanno, i padri, che la casa che vogliono i bambini è quella dove c'è l'affetto dei genitori, dove c'è calore. I padri, una volta separati, vanno in cerca di giocattoli. Più di quanto non facciano i bambini. Sembra un paradosso, ma non lo è.

Quel pomeriggio aveva i figli con sé. Li portò prima a mangiare una cosa a Villa Balestra. Poi al cinema, all'Adriano, dove danno sempre un film per bambini. Dopo il cinema, da McDonald's. Alla fine a casa.

Fu lì che Riccardo disse al padre: «Ma tu mi fai pena a stare tutto solo in questa casa papà. A me dispiace che devi stare da solo».

Andrea ebbe un colpo al cuore. Si erano invertiti i ruoli. Ora era il figlio che si preoccupava di lui, non il contrario, come avrebbe dovuto essere. E questo non poteva andare. «Stai tranquillo. Papà non sta solo. Ha tante di quelle cose da fare. E poi ha la televisione. Il computer. E poi questa è casa nostra, e, ogni tanto, è piacevole starsene anche senza nessuno che giri per casa.»

Riccardo guardò il padre e gli diede un bacio. «Va bene. Ma quando ti va mi fai una telefonata, così non ti senti solo»

35

Ci sono mattine che ti svegli e hai la sensazione di aver capito. Vedi tutto chiaro. Ci sono mattine che ti svegli e senti che ti manca qualcosa, non sai cosa, esattamente, ma qualcosa.

Elena, quella mattina, stava facendo colazione sul terrazzo. Era sabato, era primavera. Aveva addosso una camicia da notte di seta. Le gambe nude. Scalza. Il bambino era appena uscito con sua madre. Era sola in casa, e lo sarebbe stata fino alle cinque. Finalmente quasi sette ore tutte per lei. A non dover pensare al figlio. A poter pensare solo a se stessa.

La sera prima era stata un incubo. Aveva iniziato il marito verso le sette. Era bastato un sms banale, di comunicazione di servizio. Gli aveva scritto che Michele, la settimana a venire, sarebbe dovuto andare in gita con la scuola. Solo questo. Eppure era stato sufficiente per far partire uno stillicidio di messaggi, di insulti, di provocazioni senza fondamento. Lei cercava di usare la logica, ma non esisteva una logica che le consentisse di confrontarsi con lui su un piano di normalità.

Quel delirio di messaggi era stato intervallato da alcuni sms di Piero. Che era stato peggio che andar di notte. Piero non riusciva ad andare oltre. E cercava, con mille argomentazioni, di provare a dirle che lì c'era qualcuno che sbagliava, che stava distruggendo la propria vita, e che quello non era lui. Che era meglio ripensarci, per il bene di Elena, quasi a farle un favore, e che si sbrigasse a rimettere la testa a posto e a tornare con lui.

No, non c'eravamo proprio. E non se ne poteva davvero più. Tutti quelli che aveva intorno sembravano assediarla. Il suo ex marito, il suo ex fidanzato. Tutti ad alzare il dito. Tutti pronti a giudicare. Tutti a guardarla come se fosse un animale strano, che chissà cosa si era messa in testa.

Ma Elena aveva la forza di decidere, per il suo bene, di staccare la spina. Di non farsi divorare dalla rabbia. Di mettere tutti lontano dal suo mondo, per vivere se stessa, senza compromessi e confusioni. Elena sapeva volersi bene.

Si appoggiò allo schienale della sedia e stese le gambe sul tavolo, attenta a non far cadere la tazza della colazione e il bicchiere ancora quasi pieno di un'abbondante spremuta d'arancia.

Si guardò i piedi, perfetti, e pensò che lo smalto rosso che aveva messo la sera prima faceva il suo dovere alla perfezione. Si accarezzò una gamba, e pensò che la sua pelle meritava qualcosa.

Se ne stava così, ad assaporare il sole e la luce, e quel calore leggero. Ad accarezzarsi lentamente le gambe, prima una, poi l'altra. Si erano fatte quasi le dieci. Prese il telefonino. Iniziò a scorrere la rubrica. Senza sapere perché. Su e giù. Senza cercare qualcuno.

Alla fine si fermò alla G. Tra Giorgio e Giuliana c'era Giovanni. Guardò quel nome scritto lì per qualche istante.

Ciao Giò, programmi per oggi?

Il messaggio partì. Giovanni era un amico dei tempi dell'università, che abitava lì vicino, in via Pinciana.

Lo faceva resuscitare ogni tanto. Senza domande e senza risposte. E lui c'era sempre, senza domande, senza aspettare risposte, tenendosi per sé ogni aspettativa. Aveva tutto quello che serviva. E quello che aveva era tanto. E sapeva guardare, accarezzare.

Ciao! Nessuno. Mi sono appena svegliato e per te cancello qualunque altro impegno.

Era sufficiente.

Ti va di mangiare una cosa qui da me in terrazzo? Ti aspetto verso mezzogiorno?

Va bene!

Si alzò, attraversò la casa canticchiando. Andò in bagno e iniziò a miscelare l'acqua che, piano piano, riempiva la vasca. Scelse con cura la fragranza in cui immergersi. Si spostò, poi, nella sua stanza, non per mettere ordine, perché non era assolutamente necessario, ma per scegliere cosa indossare. Tirò fuori dai cassetti un completino nero, reggiseno e perizoma, e un kimono nero, corto, stretto in vita. Prese dei sandali con un tacco dodici e li poggiò lì, ai piedi del letto, da indossare al momento di aprire la porta. Ritornò in bagno. La vasca era piena. Chiuse l'acqua. Si tolse quello che aveva e si immerse. Lasciò che la musica del suo iPod si diffondesse per tutta la casa. Lasciò che il telefonino squillasse due tre volte per qualche chiamata e tante volte per molti messaggi. Non rispose. Prese il romanzo che aveva iniziato la sera prima, e che strategicamente aveva poggiato sulla sponda della vasca, e si mise a leggere.

Si coccolò, così, fino alle undici e mezzo. Poi uscì dall'acqua, e cominciò a prepararsi. Phon. Crema dovunque e un filo di trucco. Si avvicinò al letto. Prese le tre cose che vi aveva poggiato sopra e le indossò, con cura, guardandosi nello specchio. Lasciò che il citofono suonasse. Si era fatto mezzogiorno. Mise i sandali e lentamente si incamminò verso la porta, che aprì quando sentì l'ascensore fermarsi al piano.

Giovanni, qualche minuto prima delle cinque, sarebbe andato via. Avendo mangiato solo un po' di pizza bianca, e bevuto una birra, verso le due. Nel letto. Con Elena sempre addosso.

36

Aprì l'armadietto dello spogliatoio e se ne restò seduto sulla panca. Non aveva chiuso occhio. Si era svegliato, si fa per dire, verso le sei e mezzo, dopo una notte passata a girarsi e rigirarsi nel letto, ad accendere la televisione. A mettere il tasto sleep, prima sui venti minuti, poi sui trenta, poi sui sessanta, sperando che il sonno arrivasse prima, e la televisione si spegnesse da sola, invitando qualunque rumore, anche il più lontano, anche quelli dentro di lui, a farsi da parte e a lasciarlo dormire. Ma non c'era stato verso.

Era sabato. E questo gli aveva permesso di giustificare a se stesso che, dopo la doccia, niente barba. La doccia sì. Quella andava comunque fatta. Non perché sentisse il bisogno di lavarsi, che avrebbe girato come un randagio senza problemi, ma perché cercava una carezza sulla pelle, e l'acqua bollente a quello serviva. Come a dire non ti preoccupare, che tutto si sistema. E perché poi, sotto la doccia, magari le lacrime, anche se poche, si confondono con l'acqua, e così tu puoi dire a te stesso che no, non è vero che hai pianto. Si era vestito, perché era sabato, con jeans, maglietta e felpa. Sopra un giubbotto e, ai piedi, delle vecchissime Adidas Tobacco, che di quel modello non le trovi più nemmeno a cercarle. Sugli occhi dei Persol, un modello classico, a non far vedere a nessuno il suo sguardo.

Aveva girato a piedi tutto il quartiere. Nell'ordine aveva fatto colazione al Cigno, poi era sceso lungo viale Parioli fino al Dodo, e lì aveva preso un secondo cappuccino, e poi un terzo, dopo nemmeno quindici minuti, all'Euclide. Quando si era materializzato al Circolo, erano passate da poco le otto, e aveva pensato bene di prendersi il quarto cappuccino in meno di due ore. La verità è che chiedeva a quel gesto, per lui così familiare, una consolazione, una garanzia di certezza e stabilità. Perché quando tutto, dentro di te, ti sembra perso, ti attacchi ai piccoli gesti che riempiono, da sempre, ogni tua giornata. È alle piccole cose che ci si aggrappa, con tutte le forze, quando sembra che la vita sia sprofondata chissà dove. E quando risali, e rimetti fuori la testa, e inizi di nuovo a vedere la luce, quegli atti insignificanti ti ricorderanno di te e della forza di quei momenti. Quasi a dirti che la tua vita non è fatta di oggetti o di affetti, ma dei gesti che riempiono la tua quotidianità, al di là dei successi, o degli insuccessi, o delle persone che passano.

Per questo era sceso nello spogliatoio, aveva preso la chiave di fronte al vano degli inservienti e aveva aperto il suo armadietto. Sperava che quel gesto gli imponesse di rientrare nella sua vita. Che so, mi vesto e vado a correre. Vado in palestra. Me ne vado da Fiermonte a fare pugilato. Sperava che quel gesto lo riportasse in sintonia con la realtà, con le ore che passano, con l'oggi è sabato e si fa sport, perché lunedì si lavora e domani è domenica e si fa qualcosa con gli amici e comunque c'è la Roma.

Ma non c'era niente da fare. Avrebbe potuto essere Natale, o un lunedì qualunque, o un venerdì. Non c'era niente da fare.

La sua vita era stata scalare una roccia a mani nude Guardare sempre e solo avanti, verso l'alto. Con la certezza che mollare la presa avrebbe significato cadere giù. E che fermarsi avrebbe significato perdere tempo. Questo era quello che gli aveva reso impossibile godersi la vita, accontentarsi, restare fermo lì, anche solo un minuto, a gustarsi l'attimo, a restare nel piacere del vissuto, e non nell'ansia del dover vivere quello che non si era vissuto.

«Amico mio, e come mai così presto al Circolo?» Alberto Sestieri, un vecchio socio che aveva passato da un po' i settant'anni, lo guardava fisso e sorridente, mentre cercava il modo di capire come passare oltre Andrea – ma sarebbe meglio dire oltre il corpo di Andrea, perché Andrea chissà dove stava – per raggiungere il proprio armadietto.

Alberto era un uomo sportivo, che la vita aveva segnato con mille colpi, tutti ben assestati, che lui aveva incassato, senza piegarsi, senza perdere la dignità e il sorriso rivolto al mondo. E, soprattutto, senza diventare indifferente.

«È che è sabato, ho da fare mille cose e non volevo sprecare la giornata.»

Ad Alberto non serviva molto per capire che quella faccia era una di quelle facce che tante volte aveva visto nella sua vita e, purtroppo per lui, tante volte nello specchio. Gli poggiò una mano sulla schiena, lo guardò ancora più fisso. «Ragazzo mio, tu puoi anche stare in silenzio, e raccontare ad Alberto che c'hai fretta. Ma io stavo laggiù, prima, a parlare, e ti vedevo qui seduto a non fare niente. Ed era dieci minuti fa. A me non devi dire niente, però io, a te, dico che tutti i minuti non vissuti sono buttati.»

Andrea si sentì nudo. Avrebbe voluto andarsene, dire una frase di circostanza, abbassare gli occhi, far sparire quella mano dalla sua schiena. Ma forse no, perché quella mano era quello che cercava, ed era spun tata dal nulla.

Alberto capì, e non lasciò che Andrea si sentisse in dovere di dire o fare qualcosa. Parlò lui, senza lasciare più nemmeno uno spazio. «Non c'è dispiacere che meriti di annientarti. Tra un po' di anni, ti renderai conto di una sola cosa: che non ne valeva la pena. Meglio vivere, che stare male. Soprattutto se uno sta male per gli altri. Devi imparare a volere bene a te stesso, prima di tutto. Tu ti vuoi poco bene, credimi. Che ti sei separato, lo so. Che hai la faccia triste, anche, perché già un paio di soci, ultimamente, me l'hanno detto. Ma devi reagire. E reagire vuol dire essere sinceri con se stessi. Capire che se si è tondi non si può essere quadrati, che quello che succede nella vita non è colpa nostra, ma magari è merito nostro, perché è quello che veramente vogliamo. E bisogna accettare quello che ci capita, non cercare di controllare tutto e tutti. Altrimenti fai la fine mia, che vado in giro a raccontare che non scopo più non perché non me la danno, ma perché non gliela chiedo.» Alberto spostò la mano sulla spalla di Andrea e la strinse con una leggera pressione. Gli fece un sorriso, e gli disse: «Adesso ti cambi, e vieni in barca con un vecchietto che per te, oggi, lascia stare la canoa, che è la sua grande passione, e torna a fare il canottiere. Ti aspetto tra mezz'ora al galleggiante, e non sento discussioni. Ce ne stiamo un bel po' sul fiume. Ti prometto che non parliamo e che dopo starai meglio».

Andrea non riuscì a guardarlo. Si limitò a dire: «Certo, usciamo pure in barca, ma sto benissimo», che non gli avrebbe creduto nemmeno un idiota, e lasciò che Alberto si allontanasse per andare a chiacchierare con chissà chi altro.

Si cambiò, si vestì da canottiere, uscì dallo spogliatoio e si incamminò verso il galleggiante. Il Circolo iniziava a popolarsi. Il sole era già alto. Era primavera. Era una bella giornata. Pensò che anche a lui non gliela davano perché non la chiedeva. Pensò che ci sono dei momenti, nella vita, in cui è giusto fermarsi e lasciarsi vivere. Che tanto la roccia da scalare sta lì, che non la sposta nessuno. Che ti aspetta, per quando deciderai di ricominciare.

E che aveva ragione Alberto.

37

Fiammetta rispose con fastidio al telefono che squillava con insistenza. «Mamma, ciao. Scusami ma ero di là e non sentivo.» Parlare con sua madre, per Fiammetta, era ogni volta come mettere in ordine il quaderno dei compiti per presentarlo alla maestra.

«Scusami tu se ti ho disturbata. Volevo sapere come stavi e come stavano le bambine.»

Era l'inizio dell'interrogazione. Si partiva con la domanda generica. Poi si sarebbe scesi sempre più nel dettaglio. Fiammetta lo sapeva bene, e non voleva farsi trovare impreparata. Soprattutto, voleva arginare, per quanto possibile, quell'investigazione nell'anima. «Tutti bene.»

«Senti, tuo marito?»

Si aspettava la domanda, e si era preparata la risposta: «Tutto bene. Tranquillo, tutto sereno».

La madre sembrò non curarsi affatto di quella risposta. «Cioè, tutto bene bene?»

Fiammetta iniziò a camminare per casa. Su e giù. Giù e su. «Sì, mamma tutto bene bene. Oggi andiamo con le bambine a Sabaudia, che apriamo casa. Lui vuole anche andare a controllare se hanno messo la barca in acqua. Restiamo a dormire lì. Poi, domani, con calma rientriamo. Se ti va, puoi venire con noi a mangiare una pizza domani sera alla Berninetta.» Cercava di dare un'immagine di normalità, e di buttare la palla dall'altra parte. Cercava, soprattutto, di dare la sensazione che ogni cosa fosse sotto controllo, e che le vita scorresse come aveva deciso lei, come solo lei aveva deciso che andasse.

«Sì, se ti va vengo con voi. Mah. Che tutto vada bene dopo quello che è successo. Sarà. Però, se tu dici così, sarà così. Questo lo sai solo tu.»

«E certo che lo so solo io, mamma. Ma lo sai anche tu, non mi vedi?»

«Sì, sì, certo che ti vedo, non ti scaldare. È che mi sembra così strano. Lui è così distante da te, diverso. Tu mi sembri sempre così controllata. Pensi solo alle figlie e al lavoro. Non ti vedo mai sorridere. Sarà.» Quei sarà, quel dire e non dire, la facevano impazzire. E la facevano impazzire perché la scoprivano. Perché le davano la prova che quel disagio, che non confessava a nessuno, qualcuno, fosse anche solo sua madre, lo vedeva. Mentre lei non voleva riconoscerlo nemmeno a se stessa.

«Mamma, sono serena, felice e sorridente. Sei tu che non mi vedi mai sorridere, perché sei sempre lì, pronta a vedere il nero dove non c'è. Sei tu che sei scontenta, e proietti sugli altri la tua scontentezza.» C'era da chiudere quella telefonata, da chiudere i conti che ogni volta la voce della madre, prima che le sue parole, le faceva fare con se stessa. «Mamma, dài, adesso sono un po' impegnata. Allora, ti chiamo domani e ti dico a che ora ci vediamo per mangiare assieme.»

«Certo, mi fa piacere. Riposati. Ti do un bacio. A domani.»

«A domani mamma, ciao.»

Fiammetta interruppe la comunicazione. Pensò che lei amava le bambine. Poi, per un attimo, come una saetta, le attraversò l'anima il pensiero che la sua vita fosse ferma. Ma no. Quel pensiero era sbagliato. Lei aveva tutto quello che da sempre voleva. L'aveva ottenuto e difeso. Lo stava difendendo. Lei vinceva e stava vincendo. Lei non era sconfitta.

Questo era Fiammetta. Una donna determinata, intelligente. Che si sapeva ascoltare davvero. Sì, ascoltare davvero. Tenendo, però, il volume del suo cuore e della sua anima sempre a zero. Così da impedirgli di fare rumore.

38

I giorni passavano. Andrea si svegliava e si tuffava fuori di casa, a fare e fare e fare cose. Non si lasciava più il tempo per pensare. Arrivò sotto casa di Guido che saranno state le sei e mezzo di mattina. Lo aspettava al cancello. Salì in macchina. Andrea aveva, alle nove, un'udienza a Perugia per una questione che riguardava la società di Guido. Che, con la scusa che si sarebbe comunque trattato di una trasferta di lavoro, si era offerto di accompagnarlo, per stargli vicino. Questo era il bello di Guido. Non c'era bisogno, tra loro, di parole. Sapeva capire Andrea meglio di chiunque altro. E aveva capito che l'amico, in quel momento, stava attraversando a nuoto un oceano. E voleva semplicemente esserci.

Il viaggio sarebbe stato breve: Tor di Quinto, Flaminia, raccordo, autostrada fino a Orte, e poi E45. In tutto forse meno di due ore. Con Andrea, però, in quello stato, con la mente persa tra Beatrice, i bambini, Fiammetta, due ore e mezzo tutte. Preferibilmente senza parlare. Fu dopo venti minuti che Guido ruppe il silenzio: «C'è cosa più bella che fare un viaggio in macchina da soli?».

Andrea rise. «Hai ragione, forse è il caso che due cose ce le diciamo.»

«Se vuoi, ma non è strettamente necessario. Del resto, ieri sera mi hai detto che, se volevo, potevo venire anch'io a Perugia. Non hai fatto cenno al fatto che si potesse anche parlare.»

Guido riusciva a rendere leggere, in un attimo, situazioni pesantissime. «Vogliamo parlare di come è difficile, al giorno d'oggi, trovare una donna non tatuata?» disse Andrea.

«No, Andrea, parliamo invece dei bambini.»

«E che c'è da dire? Adesso li vedo un pomeriggio a settimana e un fine settimana alternato. In realtà con Bea siamo disponibili a venirci incontro per ogni necessità che li riguardi. Adesso ho sistemato la nuova casa. Mi fa stare sereno vederli così a loro agio. Tu non hai idea quanto.»

«No, non ci siamo. Devi vederli, se possibile, di più. E stare con loro. Inizia a fare le cose con loro. Fino a oggi hai delegato tutto a Bea. Adesso è arrivato il momento che ti metti a fare il padre, non quello che li mantiene e basta.»

Guido aveva ragione. Andrea pensò che stava sbagliando ancora con i figli. Poco presente prima, presente male ora. Pensò che sarebbe stato bello aspettare l'estate nella nuova casa, se solo fosse riuscito a farla sentire veramente *loro* anche ai figli. Scese il silenzio. Guido aveva raggiunto lo scopo. Conosceva l'amico, e sapeva che era capace di raccogliere e ragionare. Non c'era più necessità di aggiungere altro. Guido, dopo qualche minuto, riprese a parlare, cambiando completamente argomento: «La novità è che mi sono lasciato con Alessandro. Dopo vent'anni. Se penso che abbiamo comprato insieme casa, che lui ne voleva una nostra, e non una mia e basta. Abbiamo fatto tutto insieme. Ma mi rendo conto che è nulla rispetto al dramma che stai vivendo».

Quelle parole arrivarono ad Andrea come una frustata. Guido aveva la capacità di riportarlo con i piedi per terra. Ma come, lui si stava separando dal compagno di una vita, e il protagonista unico, assoluto dei loro discorsi era sempre ed esclusivamente Andrea? Guido si stava separando, e pensava a stare vicino ad Andrea che si stava separando.

Andrea si sentì egoista. Ma, soprattutto, sentì che Guido aveva ragione su un'altra cosa, e cioè che lui non dava lo stesso peso alla storia dell'amico. Perché due uomini che si lasciano, be', vuoi mettere, non è come una storia normale che finisce. Si ricordava ancora la volta in cui l'amico gli aveva confidato che gli piacevano gli uomini. E lui aveva detto la cosa più cretina che potesse passargli in testa: «Ma come fanno a non piacerti le donne? Le donne hanno le gambe, i piedi, il petto, il culo, mille odori!». E Guido gli aveva risposto: «Anche gli uomini».

Guido era così. Seguiva Andrea da lontano, e gli insegnava a vivere, portandolo a cercare, dentro di sé, le sue contraddizioni, le sue debolezze, i suoi egoismi, e spiegandoglieli davanti lo costringeva a vederli. E poi non diceva nulla, lasciando che le risposte, Andrea, se le desse da solo.

Arrivarono a Perugia giusto in tempo per l'udienza. Alle undici e mezzo era tutto finito. Fecero due passi fino a corso Vannucci. Si concessero una seconda colazione abbondante. Ripresero la macchina. Appena pochi metri, e Guido chiese all'amico: «Ti dispiace se dormo? Così mi concentro un po' sui miei problemi».

Andrea non disse nulla.

39

Andrea arrivò al Circolo intorno alle sette. Era ormai luglio. La partita di calcetto era alle nove. Aveva passato la giornata fingendo di fare cose che non aveva fatto. La partita avrebbe dovuto sentirla molto. Si giocavano l'accesso ai quarti di finale della Canottieri Lazio, come viene chiamato il torneo della Coppa dei Canottieri, dal nome del circolo che lo organizza da quasi cinquant'anni, e che è il torneo di calcetto più importante per i circoli di Roma, riservato alle categorie assoluti, over 40, over 50, over 60.

Per chi non è socio dei circoli romani, è difficile capire cosa sia questo torneo. Per cercare di spiegarlo, ma è solo un tentativo, si pensi che se uno sta in Patagonia, ed è sabato, e il lunedì, alle otto e mezzo di sera, deve giocare la finale della Canottieri Lazio, be', state pur sicuri che il modo di organizzarsi con i voli per arrivare alle sette di sera del lunedì nello spogliatoio del suo circolo puntuale per la convocazione, lo trova sicuramente. Anche se, poi, il martedì deve trovare il modo di ritornare in Patagonia, senza raccontare a nessuno di essere tornato a Roma solo per questo.

Quel torneo lo si aspetta tutto l'anno, e muove passioni e rivalità. Ogni anno, a giugno, è la stessa storia. Inizia la Coppa dei Canottieri. Bisogna arrivarci preparati.

Si giocava nella "fossa", il campo del Circolo Canottieri Lazio, appunto, su Lungotevere, vicino a Belle Arti. Si giocava davanti a tanta gente.

Scendevano in campo contro una squadra di un circolo la cui rivalità con il Circolo di Andrea era nota. Nella squadra avversaria c'era Edoardo Chiave, uno che Andrea, nemmeno troppo bonariamente, detestava. Era troppo falloso per i suoi gusti e, qualche anno prima, aveva mandato in ospedale un compagno di Andrea per un'entrata tanto brutta quanto inutile. Per Andrea era sufficiente per legarselo all'anima. E gliel'aveva giurata in faccia, mica alle spalle. A ciò si aggiunga che era pure laziale. Ma Andrea i laziali – i giocatori laziali – quelli leali, coraggiosi, li rispettava. Perché, anche se li odiava, li aveva visti, nei derby, prendersi la loro squadra sulle spalle e cercare di portarla fino alla fine della partita. Certo, erano pochi, faceva fatica a contarli, ma qualcuno se lo ricordava. E si ricordava sempre che rappresentavano quelli sfortunati, che non sapevano, che non avevano la fortuna di vedere. Quelli che non avevano incontrato, sulla loro strada, qualcuno che gli indicasse la via. Andrea, quei giocatori laziali, li aveva voluti sempre sconfitti, nella polvere. Ma concedendogli, e sempre, l'onore delle armi. Era da tempo che sperava di giocare contro Chiave. Ne aveva di rabbia da sfogare. E quale appuntamento migliore. Aveva, anche quella sera, la testa che correva dietro ai pensieri.

Entrò nello spogliatoio del Circolo che non c'era ancora nessuno. Prese dal borsone della squadra la sua maglia, la numero 12, pantaloncini e calzettoni. Il numero 12 era una sua fissazione: adorava giocare come pivot con il numero che era, da sempre, quello del portiere di riserva. Gli sembrava un modo, tutto suo, di riscrivere il calcio.

Si spogliò. Prima di indossare la divisa entrò nello

stanzino di Sergio, il massaggiatore. Era un uomo di più di settant'anni. Le mani robuste. Lo sguardo buono. Aveva fatto per tutta la vita il massaggiatore. «Rimettimi in piedi» gli disse, mentre si sdraiava sul lettino. Sergio iniziò a massaggiarlo con energia, parlandogli del più e del meno. Della partita, di una multa presa e di quello che avrebbe potuto fare per cercare di farsela togliere dal giudice, dei figli ormai cresciuti, della sua schiena che a forza di massaggiare gli altri, alla sua età, non è che andava più così tanto bene. Poi, a un tratto, si interruppe e lo fissò. «Andrea, le gambe stanno a posto. È la testa che non va. Sono dieci minuti che stai qui, non dici una parola, l'occhio perso. Sei scarico. Ma che t'è successo?»

«La vita gioca brutti scherzi» rispose Andrea, per dirgli tutto e non dirgli niente.

«E allora entra in campo e fagli gol. E lascia perdere tutto il resto. Fai vedere che sei vivo» lo incitò Sergio, con un sorriso simpatico, come di quel padre che sorride al pianto di un figlio piccolo disperato per il giocattolo appena rotto.

Andrea non disse nulla. Lasciò che Sergio finisse il massaggio. Aspettò che, alla spicciolata, arrivassero tutti i suoi compagni. Se ne stette in disparte. Scappò per primo dal Circolo per andare al campo. Si guardò la fine del primo tempo della partita che precedeva la loro, e poi se ne andò a scaldarsi con i suoi compagni. Mancavano dieci minuti all'inizio. Si incrociarono con gli avversari. Baci e abbracci, qualcuno vero, qualcuno meno.

Iniziò la partita. L'amico che faceva da allenatore non lo mise subito in campo, e quindi Andrea si sedette nella "gabbia" che fungeva da panchina, posta alle spalle di una delle due porte, accanto a Sergio. Da lì, dal basso, poteva guardare le tribune. Erano piene di gente. Vide Chiave giocare nella squadra avversaria, con la fascia di capitano. Era enorme. Alto, grosso, legnoso. Toccava pochi palloni, ma parlava molto, per dare la sensazione di essere sempre presente in ogni azione. Alla fine del primo tempo erano zero a zero. Lui non era ancora entrato in campo. Gli avversari giocavano meglio. Ma di segnare neanche a parlarne.

All'inizio del secondo tempo l'allenatore lo chiamò: «Andrea, adesso entri. Difendi basso, tieni palla, fatti fare fallo. Andrea, niente invenzioni, mi raccomando, se no ti tolgo subito».

Disse di sì, fingendosi concentrato. Sentì uno schiaffo, forte, sul collo, e una voce che diceva: «Fai gol, fai gol. Segna». Era Sergio.

Entrò in campo. Giocava malissimo. Aveva Chiave incollato addosso, che qualche colpo e qualche provocazione ogni tanto glieli rifilava. Non vedeva la porta, non vedeva la palla, non vedeva i compagni. Sentiva solo l'allenatore e i compagni strillare il suo nome: «Andrea, vai qua! Andrea, di là!».

Ci fu un'interruzione di pochi minuti, per un infortunio. Guardò la tribuna. Vide Fiammetta. La vide. Che sorrideva mentre camminava mano nella mano con il marito, cercando un posto dove sedersi. No, era troppo. Era troppo. Quella era la sua partita. Quello era il suo spazio. E lei lì, a dirgli che quando si perde, si perde tutto. No, non poteva essere.

Erano in difesa. Tutto successe in un istante. Vide uno dei suoi rubare palla. Andrea partì oltre la metà campo con Chiave incollato addosso e chiamò palla con quanto fiato aveva in corpo. Vide partire un lancio, alto, di quelli che a calcetto non si vedono semplicemente perché non si fanno, non si devono fare. Coprì la palla con il corpo. La stoppò al volo con il destro, facendola scivolare davanti a sé, un po' sulla sinistra. Addosso il nemico. Un po' sulla destra, la porta. Vide il portiere che usciva, e si rese conto che si stava tuffando, gambe e braccia aperte a coprire tutto lo specchio. Fu un attimo, e fece la scelta giusta. Piano, piano, di sinistro, di interno piede, bassa, lenta, lenta tra le gambe. E la palla entrò. Sentì la rabbia esplodergli dentro. Il nemico sul campo. Il nemico in tribuna. Il nemico, soprattutto, dentro. Ma lui era lì, vivo. Non disse nulla. Corse verso la gabbia, l'aprì, abbracciò Sergio, lo baciò. E lui gli disse nell'orecchio: «Te l'avevo detto che gli facevi gol». Chiese il cambio e si abbandonò sulla panchina. Se ne stette lì, tutto il tempo, fino alla fine, a non dire nulla, seduto, a godersi quello che aveva fatto. Guardò la tribuna. Fiammetta non c'era più.

Lui c'era ancora.

40

Quel fine settimana Andrea aveva con sé i bambini. Aveva accettato con entusiasmo l'invito di un amico in barca, per andare due giorni a Ponza, che, magari, ci si allunga un po' e si torna lunedì mattina.

Erano al Frontone, in rada. Erano due giorni che squillavano telefoni per dire che a Ponza la Procura aveva sequestrato i pontili ed era impossibile attraccare con le barche e scendere a terra. Era tutto un "nooo", "ma che mi dici!?", "disdico il tavolo all'Acqua Pazza", "se monta Levante tutti in rada a Chiaia di Luna". Era dal giovedì che non si parlava d'altro. Anche se vi fosse mai stata una notizia più importante – che so, un terremoto, un maremoto, un crollo della Borsa, uno sciopero generale – la notizia più rilevante sarebbe stata comunque quella. Pensava che la settimana successiva ci sarebbero stati i quarti e le semifinali della Canottieri Lazio.

Pensava che se li avessero vinti, il lunedì della settimana successiva avrebbero avuto la finale. E allora sarebbe stato bello, il sabato prima, prendere la moto verso le undici e puntarla verso Chiarone. Andarsene all'Ultima Spiaggia e passare un po' di ore lì, tranquillo, a leggere. E poi, verso le sette, in moto a Capalbio per un aperitivo al Frantoio. Magari una mostra e qualche libro da comprare. E alle otto e mezzo, massimo nove, non più tardi – che quella strada va fatta che inizia il tramonto – diretti, passando per l'entroterra, verso Albinia, per andare a cena da Petronio. E lì crostini misti, Pappa Reale e Morellino di Scansano. E alle dieci e mezzo di nuovo con la moto verso Roma. E domenica in piscina al Circolo. Una corsa, palestra. A smarcarsi da un po' di messaggi e organizzare una serata come si deve. Perché Andrea ha la fortuna di poter scegliere, e dire anche no. E dire sì solo a chiacchiere intelligenti. E a occhi. E a pelle. E a un corpo scolpito, da prendere per i fianchi e rigirare. E a seni da mordere. E a odori da assaporare. E a piedi pittati da mangiare. Per venire e venire e venire ancora, senza fare domande e aspettarsi risposte.

Un fine settimana così. Per lui. Senza chiedere.

Pensava a tutto questo. E pensava a quanto fosse scemo. Era ospite in barca di amici, con i suoi tre figli. Riccardo, Laura e il piccoletto, avevano bisogno di lui, di un padre che fosse tutto per loro. E lui lì stava. Pronto a tuffarsi in acqua di testa, a candela, a fare tanti o pochi schizzi. Ma con la testa pensava alla Coppa Canottieri, allo "speriamo che ci capiti una partita facile". Pensava alla sua vita, insomma. Solo alla sua vita.

Non vedeva più Beatrice da settimane, ormai. Si scambiava con lei ogni giorno messaggi o mail per l'organizzazione della vita dei bambini, il cui contenuto gli confermava, semmai ve ne fosse stato ancora bisogno, che lei stava da un'altra parte, definitivamente. Non c'era una donna che gli fosse vicina, e comunque, se anche vi fosse stata, lui sarebbe stato sempre distante. Trovava ogni pretesto per non vedere una persona due volte di seguito. Non sapeva cosa gli stesse succedendo, ma voleva altro, che lo portasse via dal passato. Solo che aveva un po' paura del futuro. L'idea di iniziare daccapo, con un'altra donna che non fosse Beatrice, una vera storia fatta di spesa al supermercato, oggi io faccio questo e tu quello, e stasera stiamo da te o da me, be', non riusciva ad accettarlo. Soprattutto per i bambini. Più sentiva Beatrice lontana, più sentiva la responsabilità di essere padre e punto di riferimento per i figli, di non muoversi di un millimetro da dove stava, di dargli la certezza che lui era lì, come loro lo avevano sempre visto: in quella casa, con la madre accanto, o senza di lei, con nessuna accanto.

«Si va tutti in barca di Filippo per un aperitivo. Stanno a Palmarola e si fermano in rada anche loro. Tra mezz'ora sono qui.»

"Che culo" pensò. Lo aspettava un aperitivo sulla barca di Filippo. Fin qui poco male. È che c'era la moglie di Filippo. Cinquant'anni di vita spesi a recuperare le frustrazioni dei primi quindici. Voce impostatissima per far credere di essere cresciuta senza mai essere uscita nemmeno un minuto dal triangolo viale Bruno Buozzi, piazza Euclide, viale Parioli. E mai un attimo di silenzio, pronta a parlare di tutto senza capire nulla di niente.

Salirono sulla barca di Filippo. Era una barca molto grande, grandissima. Era tutto uno sfarzo un po' inutile. All'interno colpivano i fiori, tanti, ovunque.

Andrea venne colpito, però, dagli occhi di Maria Selina, un'amica della moglie di Filippo. La conosceva dai tempi dell'università, ma non la vedeva da un po'. Era molto sensuale, decisa. Sposata. Sapeva quello che voleva e se l'era sempre preso. «Ho saputo che ti sei separato» gli disse.

«È stato un periodo difficile, è un periodo difficile. Non ti separare mai.» Sentiva la pelle del suo braccio vicino alla propria. Troppo vicino.

«Anche il mio matrimonio è finito. Non nella forma, perché siamo qui, come vedi, ma nella sostanza. Non ho più nulla da dirgli né da dargli. Lasciami il tuo telefono. In settimana cena e chiacchiere.»

Dietro Andrea, il Frontone. Sulla destra Ponza paese. Davanti a lui un'insperata cena, in un giorno imprecisato, in un'atmosfera che, tutto sommato, andava cercando. «Io mi rituffo» disse. E, nuotando verso la barca, si rese conto che stava sorridendo.

E che non pensava più alla squadra di ferro che sarebbe potuta capitargli alla Canottieri Lazio.

41

Arrivò di fronte al Quirinale che erano già le nove e mezzo. Aveva dato appuntamento a Maria Selina a quell'ora davanti al Moro. Si buttò con la Vespa a destra, giù per la discesa di via della Dataria, e puntò verso Fontana di Trevi. Parcheggiò praticamente in verticale tra due macchine. Sfilò il casco e fece quei quattro metri che gli mancavano fino a via delle Bollette con un passo solo. Voltò l'angolo. Maria Selina era già lì, davanti all'ingresso del ristorante. Aveva un giacchino di cotone bianco sulle spalle, un vestito che dava sul celeste, morbido, che le avvolgeva il corpo fino a sopra le ginocchia e dei sandali bianchi con un tacco mille. Capelli neri raccolti in una coda. Occhi nerissimi. Sorriso. Splendido tutto. Gli venne incontro e gli prese la mano. Prima questo. Poi avrebbero parlato. Adesso c'era da colmare subito la distanza, e lei l'aveva colmata con un gesto.

Entrarono. Si guardò intorno. Lasciò che lei si sedesse. Poi si tuffò nella cena e nelle chiacchiere. Il tempo andò più veloce delle parole, più veloce degli altri tavoli, che si svuotavano uno a uno, mentre lui era lì, incollato a quella sedia. A ridere. Chi va al Moro sa che lo zabaione, con o senza cioccolato, con o senza frutti di bosco, alla fine, è un giusto premio. Anche a luglio. Quella sera no. Quello zabaione lo aspettava meno, perché quando sarebbe arrivata l'ora del dolce quella cena sarebbe stata alla fine. Allo sguardo un po' deciso del cameriere, però, capì che era arrivato il momento di ordinarlo, mangiarlo, e anche di fretta, e andarsene.

Uscirono. La serata era bollente. Le chiese se voleva fare un giro in Vespa. Lei disse di sì. Andrea guardava quelle gambe, dallo specchietto, che si stringevano sul sellino. Sentiva il suo seno che gli sfiorava appena la schiena. Puntò dritto verso casa. Non aveva scuse. Le disse semplicemente: «Ti porto dove posso toglierti tutti i vestiti». Era la prima donna che portava in casa sua dopo essersi separato.

Maria Selina entrò e si tolse i sandali, tenendoli morbidamente in una mano. Iniziò a girare per casa, guardandola come se volesse misurare ogni angolo, come per sentire quello che quella casa avrebbe potuto dirle di Andrea. Lui la prese e la baciò. La strinse. Si buttarono sul letto. Andrea si tolse tutto in un attimo. La spogliò. Non le diede il tempo nemmeno di pensare. Era già dentro di lei. E si addormentò, come da tempo non gli succedeva, solo dopo averla sentita e vista venire in ogni modo e posizione.

Gli sembrò di aver appena appoggiato la testa sul cuscino, quando sentì una sveglia suonare, che non era la sua. E si tirò su quasi urlando, col cuore a mille. «Ma che succede!?» disse, rivolto al nulla.

«Calmati, tesoro mio. Calmati. E buongiorno. Sono le sei. Ho messo la sveglia sul telefonino, che mio marito rientra alle otto, torna da Milano con il primo volo, e devo farmi trovare a casa. Adesso dormi, mi vesto al volo e vado. Tu non ti preoccupare. Non accompagnarmi, che è troppo rischioso. Mi chiami solo un taxi?»

Andrea non disse nulla. Prese il telefono e chiamò il

3570. «Vasto 70 in tre minuti.» Non fecero in tempo a passare, che Maria Selina era già per le scale.

Chiuse la porta. Rientrò in casa.

Prima di riaddormentarsi, si mise a pensare alla Canottieri Lazio.

42

L'estate se n'era andata via tranquilla. Andrea aveva trascorso quindici giorni con i bambini in montagna. Le altre due settimane di agosto era passato da una barca a un'altra. La sua vita l'aveva avvolta e riavvolta come un nastro mille e mille volte. Non c'erano più colpevoli. Da nessuna parte. C'erano le vite che si incontrano, si allontanano. Così. Senza responsabilità.

Elena aveva il problema di Michele. Il bambino doveva essere iscritto alle medie, ma il padre premeva per una scuola, lei per un'altra. Il marito, che continuava a non prendere mai il figlio, diceva bianco solo perché Elena diceva nero, e nient'altro. Era, però, arrivato il momento di mettere fine a questo balletto. Elena doveva andare da un avvocato, per separarsi legalmente, e scolpire su una qualche pietra le regole di quella separazione che era, nel quotidiano, impossibile da gestire.

Era arrivato settembre. A settembre sembra che la vita ricominci. Perché, in realtà, inizia un nuovo anno. L'anno, ma questo è chiaro per tutti, inizia il primo settembre. È una convenzione che inizi il primo gennaio. Il primo settembre si pensa di mettere in atto i programmi meditati ad agosto. Mi metto a dieta. Organizzerò il lavoro in maniera diversa. La lascio. Lo lascio. Mi iscrivo in palestra. E ogni settembre è la stessa storia.

Andrea entrò in studio che saranno state le undici. Simona lo accolse con un sorriso. «Bentornato avvocato! Nessuna novità.»

«Purtroppo non le aspetto da lei, ma le aspetto, e brutte, da Valeria.» Valeria gli rivolse un sorriso, di quelli che ti dicono che c'è poco da ridere. «Salve, avvocato. Non stiamo messi benissimo in banca, ma da qui al venti dovremmo incassare parecchio. Dobbiamo, però, far quadrare i conti in questi giorni.»

Andrea scrollò le spalle. Si sentiva tranquillo. Da lì al venti i soldi sarebbero entrati, e aveva sul tavolo un bel po' di lavoro. Fino a dicembre c'era da stare sereni. Si potevano pagare le tasse, e l'Iva, e la cassa avvocati, e andare in vacanza con i bambini senza problemi.

Era stato un anno difficile. Entrò nella sua stanza, accese il computer, si guardò intorno, lanciò uno sguardo dalla finestra. Si sentì sereno, forse anche, ma non aveva il coraggio di dirselo, felice. La sua vita, ora, era esattamente aderente alla sua pelle. Lui non era quello che aveva pensato, per tutta la vita, di voler essere. Aveva fatto il suo percorso, tra alti e bassi, ed era arrivato a ciò che ora era. Era quello. Era quello studio. Era quelle giornate. Era quelle uscite la sera. Lo sport. I suoi figli.

Elena si svegliò decisa. Era veramente ora di chiamare un avvocato. Voleva mettere ordine nella sua vita. Voleva fare pace con se stessa, avere chiare le cose non solo dentro di sé. Squillò il cellulare. Era Gaia. «Ciao tesoro mio, che fai?»

«Stamattina resto a casa. Ne approfitto per organizzare un po' di cose. Poi con calma chiamo l'avvocato. Mi ricordi il nome?»

«Andrea Sperelli. Io ho avuto il suo nome da Fiammetta Maioni, quella che era quest'estate, con il marito, in Sardegna. Dille che il nome ti arriva da lei. Però oggi pomeriggio ci vediamo. Mi accompagni da Ikea, che voglio comprare qualcosa per il terrazzo.»

«Non ti lascio scegliere da sola, non ti preoccupare.»

Attaccò. Si preparò una colazione abbondante. Se l'apparecchiò in terrazzo. Lì sotto, alle spalle del fiume, tanta parte della sua vita. Laggiù, dall'altra parte del fiume, anche il tribunale. Dove doveva andare, presto, per mettere un punto. Prese il telefonino. Si era annotata il numero dello studio di Andrea. Due squilli, e Simona rispose: «Studio Sperelli, buongiorno».

«Buongiorno, mi chiamo Elena Ronco, potrei parlare con l'avvocato Sperelli?»

«Un attimo, per cortesia.»

Simona fece trillare l'interno della stanza di Andrea.

«Simona.»

«C'è al telefono la signora Elena Ronco per lei.»

«Non la conosco, me la passi pure...» Attese la linea. «Pronto.»

«Buongiorno avvocato, noi non ci conosciamo. Ho avuto il suo nominativo, indirettamente, da Fiammetta Maioni. La chiamo perché avrei bisogno di incontrarla.»

Andrea restò sorpreso. Non dalla telefonata. Non dal fatto che Fiammetta avesse fatto a qualcuno il suo nome. Ma perché quel nome, Fiammetta Maioni, in bocca a un altro, non lo scuoteva più, non gli attraversava più la pelle.

«Sì, signora. Potremmo vederci, adesso che vedo l'agenda, anche all'inizio della prossima settimana.»

«Bene. Per me potrebbe andare bene qualunque giorno.»

«Direi lunedì alle 17, se per lei va bene.»

«Sì, va bene.»

«Può anticiparmi, intanto, di cosa si tratta?»

«La mia separazione. Dovrei separarmi. Lo sono, di

fatto, ormai da quasi tre anni, ma è arrivato il momento di mettere le cose a posto legalmente.»

Andrea si fermò un attimo. Fece un lungo respiro. Si guardò intorno. No, una separazione no. Aveva trovato il suo equilibrio. Non voleva mescolarsi più in niente. Non voleva trovarsi a litigare – con tutto se stesso, come da sempre faceva, per qualunque questione lavorativa – per figli contesi, mantenimenti non pagati, orari non rispettati, scelta di scuole e di palestre. Udienze in cui il giudice fa da paciere, e una botta di qua e una di là. E avvocati che immergono le mani in tutta quella melma, mescolandola e rimescolandola. Perché melma rimanga. No, non ne aveva proprio voglia. Non per capriccio, ma per difendere se stesso. Fece un bel respiro. Con voce decisa, senza tentennamenti. Non lasciando spazio. Le disse: «Signora, mi dispiace, ma allora credo sia inutile vedersi. Io non tratto più questa materia. Se crede, posso consigliarle qualche collega che possa assisterla».

Elena rimase senza parole. Le avevano parlato dell'avvocato Sperelli come di uno preparato, tosto, che non mollava mai. Sarebbe stata assistita e protetta da un avvocato bravo e onesto, e questo le piaceva. E ora, quell'avvocato la mollava lì, col suo problema. Al gelo subentrò la perplessità. Poi non ebbe altro tempo per pensare. «Ah. Mi dispiace. Mi avevano parlato così bene di lei.»

«La ringrazio, signora, davvero. Ma, per una scelta organizzativa del mio studio, non tratto più queste questioni.»

«Va bene, allora non mi resta che salutarla. Arrivederci, avvocato.»

«Arrivederci, signora, e grazie comunque per avermi chiamato.»

Andrea attaccò. Di nuovo si guardò intorno. Si sentì più sollevato. Era davvero l'inizio di un nuovo anno.

Ringraziamenti

Questo romanzo è frutto della mia fantasia.

Ogni riferimento a nomi, cognomi, fatti, persone e circostanze – con la sola esclusione dei luoghi citati – è puramente casuale. Nel senso che, se qualcuno mai si riconoscesse nella storia che ho raccontato, è perché ho provato a raccontare una storia che potrebbe accadere nella realtà. Altrimenti, avrei scritto un romanzo di fantascienza. E allora sarebbe stato più difficile, per chiunque, riconoscersi in qualcuno che, spada laser alla mano, avesse lottato con un drago a tre teste su un'astronave in viaggio per Vega.

Sono molte le persone che devo ringraziare, a iniziare da tutte quelle che hanno pazientemente sopportato di ascoltarmi mentre raccontavo di un libro che avrei voluto scrivere.

Ma senza Massimo Francesco Dotto questo libro sarebbe rimasto, come tutti i sogni che si fanno il primo settembre, lettera morta. A lui va il mio primo ringraziamento.

Le parole non basterebbero per dire grazie a Enrico Vanzina, che ha letto la primissima stesura di questa storia. E dopo averla letta mi ha telefonato. Quella telefonata la conservo tra le cose belle, insieme ai suoi preziosi consigli. Né le parole basterebbero per dire grazie a Luisa Todini, che sa quanta gratitudine le devo per aver creduto, da subito e con entusiasmo, in questo romanzo.

Grazie a Simone Perfetto e a Silvia Veneziano per la loro insostituibile presenza, e a Cristiano Ciancio, che mi ha appoggiato.

Grazie a Lorenzo Attolico, che mi ha dimostrato, a ogni occasione, come per lui né il diritto, né l'arte contemporanea, né la nostra amicizia abbiano segreti.

Grazie a Mauro De Cesare, che mi ha spiegato come un fatto diventi notizia, e come la notizia diventi un articolo che si legge su un giornale. E a Marco De Martino, che mi ha descritto nel dettaglio come vive la redazione di un quotidiano.

Grazie a Enrico Fabrizi e Pierluigi De Palma, che per primi hanno pensato che un loro amico avrebbe fatto meglio, nella vita, a fare altro e non solo l'avvocato. E non si è mai capito se fosse un complimento.

Grazie a Enrico Bay, Benedetta Navarra, Claudia Biancheri, Roberta Calò e Fabrizio Lucherini, che sono stati i primi lettori delle primissime pagine della storia che iniziavo a scrivere, e mi hanno dato fiducia.

Grazie, ancora, a Luigi Salvati e a sua moglie Francesca, che sono stati impagabili nel darmi, durante un aperitivo, le informazioni utili per ricostruire alcuni dei luoghi che avete trovato in questa storia, e a Oliviero Bartoletti, che ci metterebbe la mano sul fuoco che quel campo, trent'anni fa, l'avevano bagnato davvero.

A Carlo Celani chiedo solo di restare, per sempre, amici. E di non arrabbiarsi se si trova elencato in questi ringraziamenti.

Grazie a Matteo Melandri, che è un avvocato che ne sa, ma che, soprattutto, sa leggere oltre i codici, a Francesco Follina, paziente e sorridente, sempre, a ogni richiesta, e a Raoul Albani, che di calcetto ne sa più di me.

Grazie a Giovanni e Katia, che mi hanno lasciato trasportare un letto della loro casa di Sabaudia fino in riva al mare, e grazie a Marco Delogu, che quel letto e quel mare li ha fermati.

Devo dire, poi, soprattutto grazie ad Antonio Franchini, Giulia Ichino, Margherita Trotta, Marilena Rossi, Federica Bottinelli e Lisa Julita, che mi hanno dato la possibilità di far diventare la storia che avevo messo su carta un romanzo, e quel romanzo un libro, da tenere lì, tra le mani. A loro, davvero, grazie.

E un ringraziamento grande a Roma, perché glielo devo, perché, senza questa città, tutto sarebbe diverso. E non solo in questo romanzo.

E, non da ultimo, a lei. A cui dico grazie. E molto di più.

Roma, 29 giugno 2011

Arnoldo Mondadori Editore S.p.A.

Questo volume è stato stampato
presso Mondadori Printing S.p.A.
Stabilimento Nuova Stampa Mondadori - Cles (TN)

Stampato in Italia - Printed in Italv